诗词灵犀

人間詞話

王国维 著
徐调孚 周振甫 注
王仲闻 校订

人民文学出版社

图书在版编目(CIP)数据

人间词话/王国维著;徐调孚,周振甫注;王仲闻校订.—北京:人民文学出版社,2017(2025.7重印)
(诗词灵犀)
ISBN 978-7-02-012541-8

Ⅰ.①人… Ⅱ.①王…②徐…③周…④王… Ⅲ.①词话—中国—近代 Ⅳ.①I207.23

中国版本图书馆CIP数据核字(2017)第044171号

责任编辑 **胡文骏**
责任印制 **王重艺**

出版发行 **人民文学出版社**
社　　址 **北京市朝内大街166号**
邮政编码 **100705**

印　　刷 **三河市鑫金马印装有限公司**
经　　销 **全国新华书店等**

字　　数 **58千字**
开　　本 **880毫米×1230毫米　1/32**
印　　张 **3.5　插页28**
印　　数 **69001—72000**
版　　次 **2018年9月北京第1版**
印　　次 **2025年7月第17次印刷**

书　　号 **978-7-02-012541-8**
定　　价 **28.00元**

王国维先生

王仲闻先生（右一）与三子合影

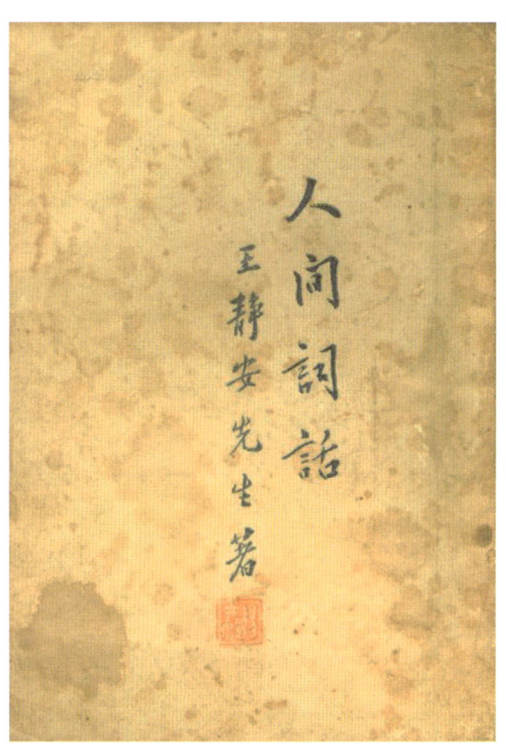
人間詞話

王靜安先生著

1926 年朴社版《人间词话》单行本书影

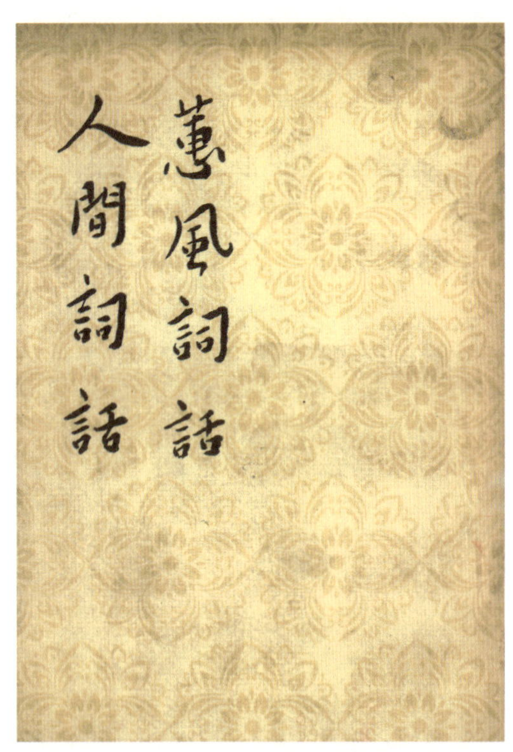

1960年“中国古典文学理论批评专著选辑”丛书本《人间词话》书影

出 版 说 明

王国维所著《人间词话》刊行百馀年来，流布广泛，影响深远。此次收入“诗词灵犀”丛书者，系据人民文学出版社1960年初版，由徐调孚、周振甫注，王国维次子王仲闻详加校订之《人间词话》（“中国古典文学理论批评专著选辑”丛书），重排而成。此外，附录了王国维于1906年发表、对《人间词话》文艺批评思想体系形成有重要作用的《文学小言》，以及《人间词话》单行本首次出版时（1926年）俞平伯所作序言；并将《人间词话》手稿影像附于书后。

人民文学出版社编辑部

2018年6月

目 录

人间词话

一

词以境界为最上。有境界则自成高格，自有名句。五代、北宋之词所以独绝者在此。

二

有造境，有写境，此理想与写实二派之所由分。然二者颇难分别。因大诗人所造之境，必合乎自然，所写之境，亦必邻于理想故也。

三

有有我之境，有无我之境。“泪眼问花花不语，乱红飞过秋千去。”〔一〕“可堪孤馆闭春寒，杜鹃声里斜阳暮。”〔二〕有我之境也。“采菊东篱下，悠然见南山。”〔三〕“寒波澹澹起，白鸟悠悠下。”〔四〕无我之境也。有我之境，以我观物，故物皆著我之色彩。无我之境，以物观物，故不知何者为我，何者为物。古人为词，写有我之境者为多，然未始不能写无我之境，此在豪杰之士能自树立耳。

〔一〕冯延巳《鹊踏枝》:“庭院深深深几许？杨柳堆烟，帘幕无重数。玉勒雕鞍游冶处，楼高不见章台路。　雨横风狂三月暮。门掩黄昏，无计留春住。泪眼问花花不语，乱红飞入（别作‘过’）秋千去。”（据四印斋本《阳春集》）

〔二〕秦观《踏莎行》:“雾失楼台，月迷津度。桃源望断无寻处。可堪孤馆闭春寒，杜鹃声里斜阳暮。　驿寄梅花，鱼传尺素，砌成此恨无重数。郴江幸自绕郴山，为谁流下潇湘去。”（据番禺叶氏宋本两种合印《淮海长短句》卷中）

〔三〕陶潜《饮酒》第五首:“结庐在人境，而无车马喧。问君何能尔，心远地自偏。采菊东篱下，悠然见南山。山气日夕佳，飞鸟相与还。此中有真意，欲辨已忘言。”（据陶澍集注本《陶靖节集》卷三）

〔四〕元好问《颍亭留别》:“故人重分携，临流驻归驾。乾坤展清眺，万景若相借。北风三日雪，太素秉元化。九山郁峥嵘，了不受陵跨。寒波澹澹起，白鸟悠悠下。怀归人自急，物态本闲暇。壶觞负吟啸，尘土足悲咤。回首亭中人，平林澹如画。”（据《四部备要》本《遗山诗集笺注》卷一）

四

无我之境，人惟于静中得之。有我之境，于由动之静时得之。故一优美，一宏壮也。

五

自然中之物，互相关系，互相限制。然其写之于文学及美术中也，必遗其关系、限制之处，故虽写实家，亦理想家也。又虽如何虚构之境，其材料必求之于自然，而其构造，亦必从自然之法则。故虽理想家，亦写实家也。

六

境非独谓景物也。喜怒哀乐，亦人心中之一境界。故能写真景物、真感情者，谓之有境界。否则谓之无境界。

七

“红杏枝头春意闹”〔一〕，著一“闹”字，而境界全出。“云破月来花弄影”〔二〕，著一“弄”字，而境界全出矣。

〔一〕宋祁《玉楼春》（春景）：“东城渐觉风光好，縠皱波纹迎客棹。绿杨烟外晓寒轻，红杏枝头春意闹。　浮生长恨欢娱少，肯爱千金轻一笑。为君持酒劝斜阳，且向花间留晚照。”（据赵万里辑本《宋景文公长短句》）

〔二〕张先《天仙子》（时为嘉禾小倅，以病眠，不赴府会。）：“《水调》数声持酒听，午醉醒来愁未醒。送春春去几时回？临晚镜，伤流景，往事后期空记省。　沙上并禽池上瞑，云破月来花弄影。重重帘幕密遮灯，风不定，人初静，明日落红应满径。”（据《彊村丛书》本《张子野词》卷二）

八

境界有大小，不以是而分优劣。“细雨鱼儿出，微风燕子斜”〔一〕，何遽不若“落日照大旗，马鸣风萧萧”〔二〕。“宝帘闲挂小银钩”〔三〕，何遽不若“雾失楼台，月迷津渡”〔四〕也。

〔一〕杜甫《水槛遣心二首》之一：“去郭轩楹敞，无村眺望赊。澄江平少岸，幽树晚多花。细雨鱼儿出，微风燕子斜。城中十万户，此地两三家。”（据仇兆鳌《杜诗详注》卷十）

〔二〕杜甫《后出塞五首》之二：“朝进东门营，暮上河阳桥。落日照大旗，马鸣风萧萧。平沙列万幕，部伍各

见招。中天悬明月,令严夜寂寥。悲笳数声动,壮士惨不骄。借问大将谁?恐是霍嫖姚。”(据《杜诗详注》卷四)

〔三〕秦观《浣溪沙》:“漠漠轻寒上小楼,晓阴无赖似穷秋,澹烟流水画屏幽。　自在飞花轻似梦,无边丝雨细如愁,宝帘闲挂小银钩。”(据《淮海长短句》卷中)

〔四〕此为秦观《踏莎行》句,已见页二注。

九

《严沧浪诗话》谓:“盛唐诸公(《诗话》‘公’作‘人’),唯在兴趣。羚羊挂角,无迹可求。故其妙处,透澈(‘澈’作‘彻’)玲珑,不可凑拍(‘拍’作‘泊’)。如空中之音、相中之色、水中之影(‘影’作‘月’)、镜中之象,言有尽而意无穷。”余谓:北宋以前之词,亦复如是。然沧浪所谓兴趣,阮亭所谓神韵,犹不过道其面目;不若鄙人拈出“境界”二字,为探其本也。

一〇

太白纯以气象胜。“西风残照,汉家陵阙”〔一〕,寥寥八字,遂关千古登临之口。后世唯范文正之《渔家傲》〔二〕,夏英公之《喜迁莺》〔三〕,差足继武,然气象已不逮矣。

〔一〕李白《忆秦娥》："箫声咽。秦娥梦断秦楼月。秦楼月。年年柳色，霸陵伤别。　乐游原上清秋节。咸阳古道音尘绝。音尘绝。西风残照，汉家陵阙。"（据《四部丛刊》本《唐宋诸贤绝妙词选》卷一）

〔二〕范仲淹《渔家傲》（秋思）："塞下秋来风景异。衡阳雁去无留意。四面边声连角起。千嶂里，长烟落日孤城闭。　浊酒一杯家万里。燕然未勒归无计。羌管悠悠霜满地。人不寐，将军白发征夫泪。"（据《彊村丛书》本《范文正公诗馀》）

〔三〕夏竦《喜迁莺》令："霞散绮，月垂钩。帘卷未央楼。夜凉银汉截天流，宫阙锁清秋。　瑶台树，金茎露。凤髓香盘烟雾。三千珠翠拥宸游，水殿按凉州。"（据《绝妙词选》卷二）

一一

张皋文谓飞卿之词"深美闳约"〔一〕。余谓：此四字唯冯正中足以当之。刘融斋谓飞卿"精艳（当作'妙'）绝人"〔二〕，差近之耳。

〔一〕张惠言《词选序》："唐之词人……温庭筠最高，其言深美闳约。"

〔二〕刘熙载《艺概》卷四《词曲概》："温飞卿词精妙

绝人，然类不出乎绮怨。”

一二

“画屏金鹧鸪”，飞卿语也〔一〕，其词品似之。“弦上黄莺语”，端己语也〔二〕，其词品亦似之。正中词品，若欲于其词句中求之，则“和泪试严妆”〔三〕，殆近之欤？

〔一〕温庭筠《更漏子》：“柳丝长，春雨细。花外漏声迢递。惊塞雁，起城乌。画屏金鹧鸪。　香雾薄，透帘幕。惆怅谢家池阁。红烛背，绣帘垂。梦长君不知。”（据观堂自辑本《金荃词》）［按：观堂自辑本，文字未经校订，不足据，应以《花间集》为据，后同。］

〔二〕韦庄《菩萨蛮》：“红楼别夜堪惆怅，香灯半卷流苏帐。残月出门时，美人和泪辞。　琵琶金翠羽，弦上黄莺语。劝我早归家，绿窗人似花。”（据观堂自辑本《浣花词》）

〔三〕冯延巳《菩萨蛮》：“娇鬟堆枕钗横凤，溶溶春水杨花梦。红烛泪阑干，翠屏烟浪寒。　锦壶催画箭，玉佩天涯远。和泪试严妆，落梅飞晓霜。”（据《阳春集》）

一三

南唐中主词：“菡萏香销翠叶残，西风愁起绿波间。"〔一〕大有众芳芜秽，美人迟暮之感。乃古今独赏其"细雨梦回鸡塞远，小楼吹彻玉笙寒"〔二〕，故知解人正不易得。

〔一〕中主《浣溪沙》："菡萏香销翠叶残，西风愁起绿波间。还与韶光共憔悴，不堪看。　细雨梦回鸡塞远，小楼吹彻玉笙寒。多少泪珠无限恨，倚阑干。"（据戴景素校注本《李后主词》附录《中主词》）

〔二〕马令《南唐书》卷二十一《冯延巳传》："元宗乐府词云：'小楼吹彻玉笙寒。'延巳有'风乍起，吹皱一池春水'之句，皆为警策。元宗尝戏延巳曰：'"吹皱一池春水"，干卿何事？'延巳曰：'未如陛下"小楼吹彻玉笙寒"。'元宗悦。"

又胡仔《苕溪渔隐丛话》前集卷五十九引《雪浪斋日记》："荆公问山谷云：'作小词曾看李后主词否？'云：'曾看。'荆公云：'何处最好？'山谷以'一江春水向东流'为对。荆公云：'未若"细雨梦回鸡塞远，小楼吹彻玉笙寒"。'（案：荆公误元宗为后主）"

一四

温飞卿之词，句秀也。韦端己之词，骨秀也。李重光之词，神秀也。

一五

词至李后主而眼界始大，感慨遂深，遂变伶工之词而为士大夫之词。周介存置诸温、韦之下〔一〕，可谓颠倒黑白矣。“自是人生长恨水长东。”〔二〕“流水落花春去也，天上人间。”〔三〕《金荃》、《浣花》，能有此气象耶？

〔一〕周济《介存斋论词杂著》：“毛嫱、西施，天下美妇人也。严妆佳，淡妆亦佳，粗服乱头，不掩国色。飞卿，严妆也。端己，淡妆也。后主则粗服乱头矣。”

〔二〕后主《乌夜啼》：“林花谢了春红。太匆匆。无奈朝来寒重晚来风。　胭脂泪，留人醉。几时重？自是人生长恨水长东。”（据《李后主词》）

〔三〕后主《浪淘沙》令：“帘外雨潺潺。春意阑珊。罗衾不耐五更寒。梦里不知身是客，一晌贪欢。　独自莫凭阑，无限江山，别时容易见时难。流水落花春去也，天上人间。”（据《李后主词》）

一六

词人者，不失其赤子之心者也。故生于深宫之中，长于妇人之手，是后主为人君所短处，亦即为词人所长处。

一七

客观之诗人，不可不多阅世。阅世愈深，则材料愈丰富，愈变化，《水浒传》、《红楼梦》之作者是也。主观之诗人，不必多阅世。阅世愈浅，则性情愈真，李后主是也。

一八

尼采谓："一切文学，余爱以血书者。"后主之词，真所谓以血书者也。宋道君皇帝《燕山亭》词〔一〕亦略似之。然道君不过自道身世之戚，后主则俨有释迦、基督担荷人类罪恶之意，其大小固不同矣。

〔一〕宋徽宗《燕山亭》（北行见杏花）："裁翦冰绡，轻叠数重，淡著燕脂匀注。新样靓妆，艳溢香融，羞杀蕊珠宫女。易得凋零，更多少无情风雨。愁苦。闲院落凄凉，几番春暮。　　凭寄离恨重重，这双燕何曾，会人言语。天遥地远，万水千山，知他故宫何处？怎不思量？除梦里有时曾去。无据。和梦也、新来不做。"（据《彊村丛书》本《宋徽宗词》）

一九

冯正中词虽不失五代风格，而堂庑特大，开北宋一代风气。与中、后二主词皆在《花间》范围之外，宜《花间集》中不登其只字也。〔一〕

〔一〕龙沐勋《唐宋名家词选》："案：《花间集》多西蜀词人，不采二主及正中词，当由道里隔绝，又年岁不相及有以致然。非因流派不同，遂尔遗置也。王说非是。"

二〇

正中词除《鹊踏枝》、《菩萨蛮》十数阕〔一〕最煊赫外，如《醉花间》之"高树鹊衔巢，斜月明寒草"〔二〕，余谓：韦苏州之"流萤渡高阁"〔三〕，孟襄阳之"疏雨滴梧桐"〔四〕，不能过也。

〔一〕《阳春集》载《鹊踏枝》十四阕、《菩萨蛮》九阕，辞繁不具录。

〔二〕冯延巳《醉花间》："晴雪小园春未到。池边梅自早。高树鹊衔巢，斜月明寒草。　山川风景好。自古金陵道。少年看却老。相逢莫厌醉金杯，别离多、欢会少。"（据《阳春集》）［按：他本《阳春集》，"巢"俱作"窠"。］

〔三〕韦应物《寺居独夜寄崔主簿》："幽人寂无寐，木叶纷纷落。寒雨暗深更，流萤渡高阁。坐使青灯晓，还伤夏衣薄。宁知岁方晏，离居更萧索。”（据《四部备要》本《韦苏州集》卷二）

〔四〕《全唐诗》卷六：孟浩然句：“微云淡河汉，疏雨滴梧桐。”注：王士源云：“浩然常闲游秘省，秋月新霁，诸英联诗。次当浩然云云，举座嗟其清绝，不复为缀。”［按：此事出唐王士源《孟浩然集序》，原文云：浩然“尝闲游秘省，秋月新霁，诸英华赋诗作会。浩然句云：‘微云淡河汉，疏雨滴梧桐。’举座嗟其清绝，咸阁笔不复为继。”］

二一

欧九《浣溪沙》词：“绿杨楼外出秋千。”晁补之谓：只一“出”字，便后人所不能道〔一〕。余谓：此本于正中《上行杯》词“柳外秋千出画墙”〔二〕，但欧语尤工耳。

〔一〕欧阳修《浣溪沙》：“堤上游人逐画船，拍堤春水四垂天。绿杨楼外出秋千。　白发戴花君莫笑，六幺催拍盏频传。人生何处似尊前。”（据林大椿校本《欧阳文忠公近体乐府》卷三）吴曾《能改斋漫录》卷十六：晁无咎评本朝乐章云：“欧阳永叔《浣溪沙》云：‘堤上游人逐画船，拍堤春水四垂天。绿杨楼外出秋千。’要皆绝妙。然只一‘出’

字，自是后人道不到处。”

〔二〕冯延巳《上行杯》：“落梅著雨消残粉，云重烟轻寒食近。罗幕遮香，柳外秋千出画墙。　春山颠倒钗横凤，飞絮入帘春睡重。梦里佳期，只许庭花与月知。”（据《阳春集》）

二二

梅圣（原误作“舜”）俞《苏幕遮》词：“落尽梨花春事（当作‘又’）了。满地斜（当作‘残’）阳，翠色和烟老。”〔一〕刘融斋谓：少游一生似专学此种〔二〕。余谓：冯正中《玉楼春》词：“芳菲次第长相续，自是情多无处足。尊前百计得春归，莫为伤春眉黛促。”〔三〕永叔一生似专学此种。

〔一〕梅尧臣《苏幕遮》（草）：“露堤平，烟墅杳。乱碧萋萋，雨后江天晓。独有庾郎年最少。窣地春袍，嫩色宜相照。　接长亭，迷远道。堪怨王孙，不记归期早。落尽梨花春又了。满地残阳，翠色和烟老。”（据《四部备要》本《词综》卷四）

〔二〕刘熙载《艺概》卷四《词曲概》引此词云：“此一种似为少游开先。”

〔三〕欧阳修《玉楼春》：“雪云乍变春云簇，渐觉年华堪送目。北枝梅蕊犯寒开，南浦波纹如酒绿。　　芳菲次第还相续，不奈情多无处足。尊前百计得春归，莫为伤春歌黛蹙。”（据《欧阳文忠公近体乐府》卷二）按：此词未见《阳春集》。《尊前集》作冯延巳词，不知何据。《阳春集》既不载，自难征信，当为欧作无疑。观堂谓永叔一生似专学此种，不知此词原为永叔作也。又所引系据《尊前》，故与《欧集》有异文。[按：宋罗泌校《欧阳文忠公近体乐府》，只云："此篇《尊前集》作冯延巳，而《阳春录》不载。"宋朱翌《猗觉寮杂记》卷上引"北枝梅蕊犯寒开"句，作冯延巳词。朱翌，南宋初人，早于罗泌，所言当有据。明董逢元未见《尊前集》，而所辑《唐词纪》以此首为冯词，亦必有据。尚未能断定为"欧作无疑"也。]

二三

人知和靖《点绛唇》〔一〕、圣（原误作"舜"）俞《苏幕遮》〔二〕、永叔《少年游》（原脱"游"）三阕为咏春草绝调〔三〕。不知先有正中"细雨湿流光"五字〔四〕，皆能摄春草之魂者也。

〔一〕林逋《点绛唇》（草）："金谷年年，乱生春色谁为主。馀花落处，满地和烟雨。　　又是离愁，[按：'愁'《苕溪渔隐丛话》后集卷二十一引杨元素《本事曲》作'歌'，文

意较长。]一阕长亭暮。王孙去。萋萋无数,南北东西路。"(据《绝妙词选》卷二)

〔二〕梅尧臣《苏幕遮》,已见页一三注。

〔三〕吴曾《能改斋漫录》卷十七:"梅圣俞在欧阳公坐,有以林逋《草词》'金谷年年,乱生青草(按:《绝妙词选》、《草堂诗馀》等书"青草"均作"春色")谁为主'为美者。梅圣俞别为《苏幕遮》一阕,欧公击节赏之。又自为一词云:'阑干十二独凭春,晴碧远连云。千里万里,二月三月,行色苦愁人。　谢家池上,江淹浦畔,吟魄与离魂。那堪疏雨滴黄昏,更特地忆王孙。'盖《少年游》令也。不惟前二公所不及,虽求诸唐人温、李集中,殆与之为一矣。今集不载此一篇,惜哉!"

〔四〕冯延巳《南乡子》:"细雨湿流光,芳草年年与恨长。烟锁凤楼无限事,茫茫。鸾镜鸳衾两断肠。　魂梦任悠扬,睡起杨花满绣床。薄幸不来门半掩,斜阳。负你残春泪几行。"(据《阳春集》)

二四

《诗·蒹葭》一篇〔一〕,最得风人深致。晏同叔之"昨夜西风凋碧树。独上高楼,望尽天涯路"〔二〕,意颇近之。但一洒落,一悲壮耳。

〔一〕《诗·秦风·蒹葭》:"蒹葭苍苍,白露为霜。所谓伊人,在水一方。溯洄从之,道阻且长。溯游从之,宛在水中央。　　蒹葭凄凄,白露未晞。所谓伊人,在水之湄。溯洄从之,道阻且跻。溯游从之,宛在水中坻。　　蒹葭采采,白露未已。所谓伊人,在水之涘,溯洄从之,道阻且右。溯游从之,宛在水中沚。"(据《四部丛刊》本《毛诗》卷第六)

〔二〕晏殊《蝶恋花》:"槛菊愁烟兰泣露。罗幕轻寒,燕子双飞去。明月不谙离恨苦,斜光到晓穿朱户。　　昨夜西风凋碧树。独上高楼,望尽天涯路。欲寄彩笺无尺素,山长水阔知何处。"(据林大椿校本《珠玉词》)[按:晏词调名,原作《鹊踏枝》(据明抄本《珠玉词》)。"无尺素"应作"兼尺素"(据同上),《张子野词》同,较可据。林大椿校本未善。]

二五

"我瞻四方,蹙蹙靡所骋。"〔一〕诗人之忧生也,"昨夜西风凋碧树。独上高楼,望尽天涯路"似之。"终日驰车走,不见所问津。"〔二〕诗人之忧世也,"百草千花寒食路。香车系在谁家树"〔三〕似之。

〔一〕《诗·小雅·节南山》第七章:"驾彼四牡,四牡项领。我瞻四方,蹙蹙靡所骋。"(据《毛诗》卷第十二)

〔二〕陶潜《饮酒》第二十首："羲农去我久，举世少复真。汲汲鲁中叟，弥缝使其淳。凤鸟虽不至，礼乐暂得新。洙泗辍微响，漂流逮狂秦。诗书复何罪，一朝成灰尘。区区诸老翁，为事诚殷勤。如何绝世下，六籍无一亲。终日驰车走，不见所问津。若复不快饮，空负头上巾。但恨多谬误，君当恕醉人。"（据《陶靖节集》卷三）

〔三〕冯延巳《鹊踏枝》："几日行云何处去？忘却归来，不道春将暮。百草千花寒食路。香车系在谁家树？　泪眼倚楼频独语。双燕飞来，陌上相逢否？撩乱春愁如柳絮。悠悠梦里无寻处。"（据《阳春集》）

二六

古今之成大事业、大学问者，必经过三种之境界："昨夜西风凋碧树。独上高楼，望尽天涯路。"此第一境也。"衣带渐宽终不悔，为伊消得人憔悴。"〔一〕此第二境也。"众里寻他千百度，回头蓦见（当作'蓦然回首'），那人正（当作'却'）在，灯火阑珊处。"〔二〕此第三境也。此等语皆非大词人不能道。然遽以此意解释诸词，恐为晏、欧诸公所不许也。

〔一〕柳永《凤栖梧》："伫倚危楼风细细。望极春愁，黯黯生天际。草色烟光残照里。无言谁会凭阑意。　拟把疏狂图一醉。对酒当歌，强乐还无味。衣带渐宽终不悔，为伊消得人憔悴。”（据《彊村丛书》本《乐章集》中卷）[按：原稿自注：欧阳永叔。观堂先生《静庵文集续编·文学小言（五）》与此则相同，亦云：欧阳永叔《蝶恋花》。盖据宋本《欧阳文忠公近体乐府》。]

〔二〕辛弃疾《青玉案》（元夕）：“东风夜放花千树。更吹落、星如雨。宝马雕车香满路。凤箫声动，玉壶光转，一夜鱼龙舞。　　蛾儿雪柳黄金缕。笑语盈盈暗香去。众里寻它千百度。蓦然回首，那人却在，灯火阑珊处。”（据林大椿校本《稼轩长短句》卷七。观堂引此有异文，与其他各本亦均不同，疑误。）

二七

永叔“人间（当作‘生’）自是有情痴，此恨不关风与月”，“直须看尽洛城花，始与（当作‘共’）东（当作‘春’）风容易别”〔一〕，于豪放之中有沉着之致，所以尤高。

〔一〕欧阳修《玉楼春》：“尊前拟把归期说，未语春容先惨咽。人生自是有情痴，此恨不关风与月。　　离歌且莫翻新阕，一曲能教肠寸结。直须看尽洛城花，始共春风容易别。”（据《欧阳文忠公近体乐府》卷二。观堂引此，亦有异文，疑误。）

二八

冯梦华《宋六十一家词选·序例》谓："淮海、小山，古之伤心人也。其淡语皆有味，浅语皆有致。"余谓此唯淮海足以当之。小山矜贵有馀，但可方驾子野、方回，未足抗衡淮海也。

二九

少游词境最为凄婉。至"可堪孤馆闭春寒，杜鹃声里斜阳暮"，则变而凄厉矣。东坡赏其后二语〔一〕，犹为皮相。

〔一〕胡仔《苕溪渔隐丛话》前集卷五十引惠洪《冷斋夜话》："少游到郴州，作长短句（按即《踏莎行》词，已见页二注）。东坡绝爱其尾两句，自书于扇曰：'少游已矣，虽万人何赎。'"

三〇

"风雨如晦，鸡鸣不已。"〔一〕"山峻高以蔽日兮，下幽晦以多雨。霰雪纷其无垠兮，云霏霏而承宇。"〔二〕"树树皆秋色，山山尽（当作'唯'）落晖。"〔三〕"可堪孤馆闭春寒，杜鹃声里斜阳暮。”气象皆相似。

〔一〕《诗 · 郑风 · 风雨》：“风雨凄凄，鸡鸣喈喈。既见君子，云胡不夷。　风雨潇潇，鸡鸣胶胶。既见君子，云胡不瘳。　风雨如晦，鸡鸣不已。既见君子，云胡不喜。”(据《毛诗》卷第四)

〔二〕见《楚辞 · 九章 · 涉江》，辞长不备录。

〔三〕王绩《野望》：“东皋薄暮望，徙倚欲何依？树树皆秋色，山山唯落晖。牧人驱犊返，猎马带禽归。相顾无相识，长歌怀采薇。”(据《岱南阁丛书》本《王无功集》卷中)

三一

昭明太子称：陶渊明诗“跌宕昭彰，独超众类。抑扬爽朗，莫之与京”〔一〕。王无功称：薛收赋“韵趣高奇，词义晦远。嵯峨萧瑟，真不可言”〔二〕。词中惜少此二种气象，前者唯东坡，后者唯白石，略得一二耳。

〔一〕见萧统《陶渊明集 · 序》。

〔二〕见《王无功集》卷下《答冯子华处士书》。所称薛收赋，谓系《白牛谿赋》。

三二

词之雅郑，在神不在貌。永叔、少游虽作艳语，终有品格。方之美成，便有淑女与倡伎之别。

三三

美成深远之致不及欧、秦。唯言情体物，穷极工巧，故不失为第一流之作者。但恨创调之才多，创意之才少耳。

三四

词忌用替代字。美成《解语花》之“桂华流瓦”〔一〕，境界极妙。惜以“桂华”二字代“月”耳。梦窗以下，则用代字更多。其所以然者，非意不足，则语不妙也。盖意足则不暇代，语妙则不必代。此少游之“小楼连苑”、“绣毂雕鞍”〔二〕，所以为东坡所讥也〔三〕。

〔一〕周邦彦《解语花》（元宵）：“风销焰蜡，露浥烘炉，花市光相射。桂华流瓦。纤云散，耿耿素娥欲下。衣裳淡雅。看楚女、纤腰一把。箫鼓喧、人影参差，满路飘香麝。　因念都城放夜。望千门如昼，嬉笑游冶。钿车罗帕。相逢处、自有暗尘随马。年光是也。唯只见、

旧情衰谢。清漏移、飞盖归来，从舞休歌罢。”（据林大椿校本《清真集》卷下）

〔二〕秦观《水龙吟》：“小楼连远（汲古阁本‘远’作‘苑’）横空，下窥绣毂雕鞍骤。朱帘半卷，单衣初试，清明时候。破暖轻风，弄晴微雨，欲无还有。卖花声过尽，斜阳院落，红成阵、飞鸳甃。　玉佩丁东别后。怅佳期、参差难又。名缰利锁，天还知道，和天也瘦。花下重门，柳边深巷，不堪回首。念多情，但有当时皓月，向人依旧。”（据《淮海长短句》卷上）[按：《花庵唐宋词选》“远”亦作“苑”。]

〔三〕《历代诗馀》卷五引曾慥《高斋词话》：“少游自会稽入都见东坡。东坡问作何词，少游举‘小楼连苑横空，下窥绣毂雕鞍骤’。东坡曰：‘十三个字只说得一个人骑马楼前过。’”[按：此出黄昇《唐宋诸贤绝妙词选》卷二，文字稍异。宋曾慥有《高斋诗话》，无《高斋词话》。《历代诗馀》所引殊不足据。]

三五

沈伯时《乐府指迷》云：“说桃不可直说破（原无‘破’字，据《花草粹编》附刊本《乐府指迷》加。）桃，须用‘红雨’‘刘郎’等字。咏（原作‘说’）柳不可直说破柳，须用‘章台’‘灞岸’等字。”若惟恐人不用代字者。果以是为工，则古今类书具在，又安用词为耶？宜其为《提要》所讥也〔一〕。

〔一〕《四库提要》集部词曲类二沈氏《乐府指迷》条：“又谓说桃须用‘红雨’‘刘郎’等字，说柳须用‘章台’‘灞岸’等字，说书须用‘银钩’等字，说泪须用‘玉箸’等字，说发须用‘绿云’等字，说簟须用‘湘竹’等字，不可直说破。其意欲避鄙俗，而不知转成涂饰，亦非确论。”

三六

美成《青玉案》（当作《苏幕遮》）词：“叶上初阳干宿雨。水面清圆，一一风荷举。”〔一〕此真能得荷之神理者。觉白石《念奴娇》、《惜红衣》二词〔二〕，犹有隔雾看花之恨。

〔一〕周邦彦《苏幕遮》：“燎沉香，消溽暑。鸟雀呼晴，侵晓窥檐语。叶上初阳干宿雨。水面清圆，一一风荷举。　　故乡遥，何日去？家住吴门，久作长安旅。五月渔郎相忆否？小楫轻舟，梦入芙蓉浦。”（据《清真集》卷上）

〔二〕姜夔《念奴娇》（予客武陵，湖北宪治在焉。古城野水，乔木参天。予与二三友日荡舟其间，薄荷花而饮。意象幽闲，不类人境。秋水且涸，荷叶出地寻丈，因列坐其下，上不见日。清风徐来，绿云自动，间于疏处窥见游人画船，亦一乐也。朅来吴兴，数得相羊荷花中。又夜泛西湖，光景奇绝。故以此句写之。)："闹红一舸，记来时，尝与鸳鸯为侣。三十六陂人未到，水佩风裳无数。翠叶吹凉，玉容销酒，更洒菰蒲雨。嫣然摇动，冷香飞上诗句。　　日暮。青盖亭亭，情人不见，争忍凌波去。只恐舞衣寒易落，愁入西风南浦。高柳垂阴，老鱼吹浪，留我花间住。田田多少？几回沙际归路。"(据《彊村丛书》本《白石道人歌曲》卷四)

又《惜红衣》(吴兴号水晶宫，荷花盛丽。陈简斋云："今年何以报君恩？一路荷花，相送到青墩。"亦可见矣。丁未之夏，予游千岩，数往来红香中。自度此曲，以无射宫歌之。)："簟枕邀凉，琴书换日，睡馀无力。细洒冰泉，并刀破甘碧。墙头唤酒，谁问讯城南诗客？岑寂。高柳晚蝉，说西风消息。　　虹梁水陌，鱼浪吹香，红衣半狼藉。维舟试望故国。眇天北。可惜渚边沙外，不共美人游历。问甚时同赋，三十六陂秋色？"(据《白石道人歌曲》卷五)

三七

东坡《水龙吟》咏杨花〔一〕，和均而似元唱。章质夫词〔二〕，元唱而似和均。才之不可强也如是！

〔一〕苏轼《水龙吟》(次韵章质夫杨花词)："似花还似非花，也无人惜从教坠。抛家傍路，思量却是，无情有思。萦损柔肠，困酣娇眼，欲开还闭。梦随风万里，寻郎去处，又还被、莺呼起。　　不恨此花飞尽，恨西园、落红难缀。晓来雨过，遗踪何在？一池萍碎。春色三分，二分尘土，一分流水。细看来不是杨花，点点是离人泪。”（据龙沐勋《东坡乐府笺》卷二）

〔二〕章楶《水龙吟》（杨花）：“燕忙莺懒芳残，正堤上、柳花飘坠。轻飞乱舞，点画青林，全无才思。闲趁游丝，静临深院，日长门闭。傍珠帘散漫，垂垂欲下，依前被、风扶起。　　兰帐玉人睡觉，怪春衣、雪霑琼缀。绣床渐满，香球无数，才圆却碎。时见蜂儿，仰黏轻粉，鱼吞池水。望章台路杳，金鞍游荡，有盈盈泪。”（据四印斋本《草堂诗馀》卷下）

三八

咏物之词，自以东坡《水龙吟》为最工，邦卿《双双燕》〔一〕次之。白石《暗香》、《疏影》〔二〕，格调虽高，然无一语道着，视古人“江边一树垂垂发”〔三〕等句何如耶？

〔一〕史达祖《双双燕》（咏燕）：“过春社了，度帘幕中间，去年尘冷。差池欲住，试入旧巢相并。还相雕梁藻井。又软语、商量不定。飘然快拂花梢，翠尾分开红影。　　芳径。芹泥雨润。爱贴地争飞，竞夸轻俊。红楼归晚，看足柳昏

花暝。应自栖香正稳。便忘了、天涯芳信。愁损翠黛双蛾，日日画栏独凭。”（据四印斋本《梅溪词》）

〔二〕姜夔《暗香》（辛亥之冬，予载雪诣石湖。止既月，授简索句，且征新声。作此两曲。石湖把玩不已，使工妓隶习之，音节谐婉。乃名之曰《暗香》、《疏影》。）：“旧时月色。算几番照我，梅边吹笛。唤起玉人，不管清寒与攀摘。何逊而今渐老，都忘却、春风词笔。但怪得、竹外疏花，香冷入瑶席。　　江国。正寂寂。叹寄与路遥，夜雪初积。翠尊易泣。红萼无言耿相忆。长记曾携手处，千树压、西湖寒碧。又片片、吹尽也，几时见得？”（据《白石道人歌曲》卷五，下同）

又《疏影》：“苔枝缀玉。有翠禽小小，枝上同宿。客里相逢，篱角黄昏，无言自倚修竹。昭君不惯胡沙远，但暗忆、江南江北。想佩环、月夜归来，化作此花幽独。　　犹记深宫旧事，那人正睡里，飞近蛾绿。莫似春风，不管盈盈，早与安排金屋。还教一片随波去，又却怨、玉龙哀曲。等恁时、重觅幽香，已入小窗横幅。”

〔三〕杜甫《和裴迪登蜀州东亭送客逢早梅相忆见寄》：“东阁官梅动诗兴，还如何逊在扬州。此时对雪遥相忆，送客逢春可自由。幸不折来伤岁暮，若为看去乱乡愁。江边一树垂垂发，朝夕催人自白头。”（据《杜诗详注》卷九）

三九

白石写景之作，如“二十四桥仍在，波心荡、冷月无声”〔一〕，“数峰清苦，商略黄昏雨”〔二〕，“高树晚蝉，说西风消息”〔三〕，虽格韵高绝，然如雾里看花，终隔一层。梅溪、梦窗诸家写景之病，皆在一“隔”字。北宋风流，渡江遂绝。抑真有运会存乎其间耶？

〔一〕姜夔《扬州慢》（淳熙丙申至日，予过维扬。夜雪初霁，荠麦弥望。入其城，则四顾萧条，寒水自碧。暮色渐起，戍角悲吟。予怀怆然，感慨今昔，因自度此曲。千岩老人以为有黍离之悲也。）：“淮左名都，竹西佳处，解鞍少驻初程。过春风十里，尽荠麦青青。自胡马、窥江去后，废池乔木，犹厌言兵。渐黄昏清角，吹寒都在空城。　杜郎俊赏，算而今、重到须惊。纵豆蔻词工，青楼梦好，难赋深情。二十四桥仍在，波心荡、冷月无声。念桥边红药，年年知为谁生？”（据《白石道人歌曲》卷五）

〔二〕姜夔《点绛唇》（丁未冬过吴松作）：“燕雁无心，太湖西畔随云去。数峰清苦，商略黄昏雨。　第四桥边，拟共天随住。今何许？凭栏怀古，残柳参差舞。”（据《白石道人歌曲》卷三）

〔三〕姜夔《惜红衣》词。已见页二四注。“高柳”，汲古阁本、四印斋本、榆园本均作“高树”。观堂所引本此。[按：《花庵词选》亦作“高树”。]

四〇

问“隔”与“不隔”之别，曰：陶、谢之诗不隔，延年则稍隔矣。东坡之诗不隔，山谷则稍隔矣。“池塘生春草”〔一〕、“空梁落燕泥”〔二〕等二句，妙处唯在不隔。词亦如是。即以一人一词论，如欧阳公《少年游》咏春草上半阕云：“阑干十二独凭春，晴碧远连云。千里万里，二月三月（此两句原倒置），行色苦愁人。”语语都在目前，便是不隔。至云：“谢家池上，江淹浦畔”〔三〕，则隔矣。白石《翠楼吟》：“此地。宜有词仙，拥素云黄鹤，与君游戏。玉梯凝望久，叹芳草、萋萋千里。”便是不隔。至“酒袚清愁，花消英气”〔四〕，则隔矣。然南宋词虽不隔处，比之前人，自有浅深厚薄之别。

〔一〕谢灵运《登池上楼》：“潜虬媚幽姿，飞鸿响远音。薄霄愧云浮，栖川怍渊沉。进德智所拙，退耕力不任。徇禄反穷海，卧疴对空林。衾枕昧节候，褰开暂窥临。倾耳聆波澜，举目眺岖嵚。初景革绪风，新阳改故阴。池塘生

春草,园柳变鸣禽。祁祁伤豳歌,萋萋感楚吟。索居易永久,离群难处心。持操岂独古,无闷征在今。”(据胡刻《文选》卷二十二)

〔二〕薛道衡《昔昔盐》:“垂柳覆金堤,蘼芜叶复齐。水溢芙蓉沼,花飞桃李蹊。采桑秦氏女,织锦窦家妻。关山别荡子,风月守空闺。恒敛千金笑,长垂双玉啼。盘龙随镜隐,彩凤逐帷低。飞魂同夜鹊,倦寝忆晨鸡。暗牖悬蛛网,空梁落燕泥。前年过代北,今岁往辽西。一去无消息,那能惜马蹄。”(据《四部丛刊》本《乐府诗集》第七十九卷)

〔三〕欧阳修《少年游》词,已见页一五注。

〔四〕姜夔《翠楼吟》(淳熙丙午冬,武昌安远楼成,与刘去非诸友落之,度曲见志。予去武昌十年,故人有泊舟鹦鹉洲者,闻小姬歌此词。问之,颇能道其事。还吴,为予言之。兴怀昔游,且伤今之离索也。):“月冷龙沙,尘清虎落,今年汉酺初赐。新翻胡部曲,听毡幕、元戎歌吹。层楼高峙。看槛曲萦红,檐牙飞翠。人姝丽。粉香吹下,夜寒风细。 此地。宜有词仙,拥素云黄鹤,与君游戏。玉梯凝望久,叹芳草、萋萋千里。天涯情味。仗酒祓清愁,花销英气。西山外。晚来还卷,一帘秋霁。”(据《白石道人歌曲》卷六)

四一

“生年不满百，常怀千岁忧。昼短苦夜长，何不秉烛游？”〔一〕“服食求神仙，多为药所误。不如饮美酒，被服纨与素。”〔二〕写情如此，方为不隔。“采菊东篱下，悠然见南山。山气日夕佳，飞鸟相与还。”〔三〕“天似穹庐，笼盖四野。天苍苍。野茫茫。风吹草低见牛羊。”〔四〕写景如此，方为不隔。

〔一〕《古诗十九首》第十五：“生年不满百，常怀千岁忧。昼短苦夜长，何不秉烛游？为乐当及时，何能待来兹。愚者爱惜费，但为后世嗤。仙人王子乔，难可与等期。”（据《文选》卷二十九）

〔二〕《古诗十九首》第十三：“驱车上东门，遥望郭北墓。白杨何萧萧，松柏夹广路。下有陈死人，杳杳即长暮。潜寐黄泉下，千载永不寤。浩浩阴阳移，年命如朝露。人生忽如寄，寿无金石固。万岁更相送，圣贤莫能度。服食求神仙，多为药所误。不如饮美酒，被服纨与素。”（据《文选》卷二十九）

〔三〕陶潜《饮酒》诗，已见页二注。

〔四〕斛律金《敕勒歌》：“敕勒川，阴山下。天似穹庐，笼盖四野。天苍苍。野茫茫。风吹草低见牛羊。”（据《乐

府诗集》第八十六卷）

四二

古今词人格调之高，无如白石。惜不于意境上用力，故觉无言外之味，弦外之响，终不能与于第一流之作者也。

四三

南宋词人，白石有格而无情，剑南有气而乏韵。其堪与北宋人颉颃者，唯一幼安耳。近人祖南宋而祧北宋，以南宋之词可学，北宋不可学也。学南宋者，不祖白石，则祖梦窗，以白石、梦窗可学，幼安不可学也。学幼安者率祖其粗犷、滑稽，以其粗犷、滑稽处可学，佳处不可学也。幼安之佳处，在有性情，有境界。即以气象论，亦有“横素波、干青云”〔一〕之概，宁后世龌龊小生所可拟耶？

〔一〕萧统《陶渊明集·序》：其文章“横素波而傍流，干青云而直上”。

四四

东坡之词旷，稼轩之词豪。无二人之胸襟而学其词，犹东施之效捧心也。

四五

读东坡、稼轩词，须观其雅量高致，有伯夷、柳下惠之风。白石虽似蝉蜕尘埃，然终不免局促辕下。

四六

苏、辛，词中之狂。白石犹不失为狷。若梦窗、梅溪、玉田、草窗、中（当作“西”,《删稿》页六四可证。）麓辈，面目不同，同归于乡愿而已。

四七

稼轩中秋饮酒达旦，用《天问》体作《木兰花慢》〔一〕以送月，曰：“可怜今夕月，向何处、去悠悠？是别有人间，那边才见，光景东头。”词人想像，直悟月轮绕地之理，与科学家密合，可谓神悟。

〔一〕辛弃疾《木兰花慢》（中秋饮酒将旦，客谓：前人诗词，有赋待月，无送月者。因用《天问》体赋。）：“可怜今夕月，向何处、去悠悠？是别有人间，那边才见，光景东头。是天外空汗漫，但长风、浩浩送中秋。飞镜无根谁系？姮娥不嫁谁留？　　谓经海底问无由。恍惚使人愁。

怕万里长鲸，纵横触破，玉殿琼楼。虾蟆故堪浴水，问云何、玉兔解沉浮？若道都齐无恙，云何渐渐如钩？”（据《稼轩长短句》卷四）

四八

周介存谓：“梅溪词中，喜用‘偷’字，足以定其品格。”〔一〕刘融斋谓：“周旨荡而史意贪。”〔二〕此二语令人解颐。

〔一〕见周济《介存斋论词杂著》。

〔二〕刘熙载《艺概》卷四《词曲概》：“周美成律最精审。史邦卿句最警炼。然未得为君子之词者，周旨荡而史意贪也。”

四九

介存谓：梦窗词之佳者，如“水光云影，摇荡绿波，抚玩无极，追寻已远”。余览《梦窗甲乙丙丁稿》中，实无足当此者。有之，其“隔江人在雨声中，晚风菰叶生秋怨”〔一〕二语乎？

〔一〕吴文英《踏莎行》：“润玉笼绡，檀樱倚扇。绣圈犹带脂香浅。榴心空叠舞裙红，艾枝应压愁鬟乱。　午梦千山，窗阴一箭。香瘢新褪红丝腕。隔江人在雨声中，

晚风菰叶生秋怨。”（据《彊村丛书》本《梦窗词集补》）

五〇

梦窗之词，吾得取其词中之一语以评之，曰：“映梦窗凌（当作‘零’）乱碧。”〔一〕玉田之词，余得取其词中之一语以评之，曰：“玉老田荒。”〔二〕

〔一〕吴文英《秋思》（荷塘为括苍名姝求赋其听雨小阁）：“堆枕香鬟侧。骤夜声，偏称画屏秋色。风碎串珠，润侵歌板，愁压眉窄。动罗箑清商，寸心低诉叙怨抑。映梦窗零乱碧。待涨绿春深，落花香泛，料有断红流处，暗题相忆。　　欢酌。檐花细滴。送故人、粉黛重饰。漏侵琼瑟，丁东敲断，弄晴月白。怕一曲《霓裳》未终，催去骖凤翼。叹谢客犹未识。漫瘦却东阳，镫前无梦到得。路隔重云雁北。”（据《彊村遗书》本《梦窗词集》）

〔二〕张炎《祝英台近》（与周草窗话旧）：“水痕深，花信足。寂寞汉南树。转首青阴，芳事顿如许。不知多少消魂，夜来风雨。犹梦到、断红流处。　　最无据。长年息影空山，愁入庾郎句。玉老田荒，心事已迟暮。几回听得啼鹃，不如归去。终不似、旧时鹦鹉。”（据《彊村丛书》本《山中白云》卷二）

五一

“明月照积雪”〔一〕、“大江流日夜”〔二〕、“中天悬明月”〔三〕、“黄（当作‘长’）河落日圆”〔四〕，此种境界，可谓千古壮观。求之于词，唯纳兰容若塞上之作，如《长相思》之“夜深千帐灯”，《如梦令》之“万帐穹庐人醉，星影摇摇欲坠”〔五〕差近之。

〔一〕谢灵运《岁暮》：“殷忧不能寐，苦此夜难颓。明月照积雪，朔风劲且哀。运往无淹物，年逝觉已催。”（据《百三名家集》本《谢康乐集》卷二）

〔二〕谢朓《暂使下都夜发新林至京邑赠西府同僚》：“大江流日夜，客心悲未央。徒念关山近，终知反路长。秋河曙耿耿，寒渚夜苍苍。引顾见京室，宫雉正相望。金波丽鳷鹊，玉绳低建章。驱车鼎门外，思见昭丘阳。驰晖不可接，何况隔两乡？风云有鸟路，江汉限无梁。常恐鹰隼击，时菊委严霜。寄言罻罗者，寥廓已高翔。”（据《文选》卷二十六）

〔三〕杜甫《后出塞》，已见页四注。

〔四〕王维《使至塞上》：“单车欲问边，属国过居延。征蓬出汉塞，归雁入胡天。大漠孤烟直，长河落日圆。萧关逢候骑，都护在燕然。”（据《四部备要》本《王右丞集》

卷九）

〔五〕纳兰性德《长相思》："山一程，水一程。身向榆关那畔行，夜深千帐灯。　风一更，雪一更。聒碎乡心梦不成，故园无此声。"（据《清名家词》本《通志堂词》）

又《如梦令》："万帐穹庐人醉，星影摇摇欲坠。归梦隔狼河，又被河声搅碎。还睡，还睡。解道醒来无味。"（据《通志堂词·集外词》）

五二

纳兰容若以自然之眼观物，以自然之舌言情。此由初入中原，未染汉人风气，故能真切如此。北宋以来，一人而已。

五三

陆放翁跋《花间集》，谓："唐季五代，诗愈卑，而倚声者辄简古可爱。能此不能彼，未可（当作'易'）以理推也。"《提要》驳之，谓："犹能举七十斤者，举百斤则蹶，举五十斤则运掉自如。"〔一〕其言甚辨。然谓词必易于诗，余未敢信。善乎陈卧子之言曰："宋人不知诗而强作诗，故终宋之世无诗。然其欢愉愁苦（当作'怨'）之致，动于中而不能抑者，类发于诗馀，故其所造独工。"〔二〕五代词之所以独胜，亦以此也。

〔一〕《四库提要》集部词曲类一《花间集》："后有陆游二跋。……其二称：'唐季五代，诗愈卑，而倚声者辄简古可爱。能此不能彼，未易以理推也。'不知文之体格有高卑，人之学力有强弱。学力不足副其体格，则举之不足。学力足以副其体格，则举之有馀。律诗降于古诗，故中晚唐古诗多不工，而律诗则时有佳作。词又降于律诗，故五季人诗不及唐，词乃独胜。此犹能举七十斤者，举百斤则蹶，举五十则运掉自如，有何不可理推乎？"

〔二〕陈子龙《王介人诗馀·序》："宋人不知诗而强作诗。其为诗也，言理而不言情，故终宋之世无诗焉。然宋人亦不免于有情也。故凡其欢愉愁怨之致，动于中而不能抑者，类发于诗馀。故其所造独工，非后世可及。盖以沉至之思而出之必浅近，使读之者骤遇如在耳目之表，久诵而得沉永之趣，则用意难也。以儇利之词，而制之实工炼，使篇无累句，句无累字，圆润明密，言如贯珠，则铸词难也。其为体也纤弱，所谓明珠翠羽，尚嫌其重，何况龙鸾？必有鲜妍之姿，而不藉粉泽，则设色难也。其为境也婉媚，虽以警露取妍，实贵含蓄，有馀不尽，时在低徊唱叹之际，则命篇难也。惟宋人专力事之，篇什既多，触景皆会。天机所启，若出自然。虽高谈大雅，而亦觉其不可废。何则？

物有独至，小道可观也。”

五四

四言敝而有《楚辞》,《楚辞》敝而有五言，五言敝而有七言，古诗敝而有律绝，律绝敝而有词。盖文体通行既久，染指遂多，自成习套。豪杰之士，亦难于其中自出新意，故遁而作他体，以自解脱。一切文体所以始盛终衰者，皆由于此。故谓文学后不如前，余未敢信。但就一体论，则此说固无以易也。

五五

诗之《三百篇》、《十九首》，词之五代、北宋，皆无题也。非无题也，诗词中之意，不能以题尽之也。自《花庵》、《草堂》每调立题，并古人无题之词亦为之作题。如观一幅佳山水，而即曰此某山某河，可乎？诗有题而诗亡，词有题而词亡，然中材之士，鲜能知此而自振拔者矣。

五六

大家之作，其言情也必沁人心脾，其写景也必豁人耳目。其辞脱口而出，无矫揉妆束之态。以其所见者真，所知者深也。诗词皆然。持此以衡古今之作者，可无大误也。

五七

人能于诗词中不为美刺投赠之篇，不使隶事之句，不用粉饰之字，则于此道已过半矣。

五八

以《长恨歌》之壮采，而所隶之事，只“小玉、双成”四字，才有馀也。梅村歌行，则非隶事不办〔一〕。白、吴优劣，即于此见。不独作诗为然，填词家亦不可不知也。

〔一〕白居易《长恨歌》有“转教小玉报双成”句为隶事。至吴伟业之《圆圆曲》，则入手即用“鼎湖”事，以下隶事句不胜指数。

五九

近体诗体制，以五七言绝句为最尊，律诗次之，排律最下。盖此体于寄兴言情，两无所当，殆有均之骈体文耳。词中小令如绝句，长调似律诗，若长调之《百字令》、《沁园春》等，则近于排律矣。

六〇

诗人对宇宙人生，须入乎其内，又须出乎其外。入乎其内，故能写之。出乎其外，故能观之。入乎其内，故有生气。出乎其外，故有高致。美成能入而不出。白石以降，于此二事皆未梦见。

六一

诗人必有轻视外物之意，故能以奴仆命风月。又必有重视外物之意，故能与花鸟共忧乐。

六二

“昔为倡家女，今为荡子妇。荡子行不归，空床难独守。”〔一〕“何不策高足，先据要路津？无为久贫（当作‘守穷’）贱，轗轲长苦辛。”〔二〕可谓淫鄙之尤。然无视为淫词、鄙词者，以其真也。五代、北宋之大词人亦然。非无淫词，读之者但觉其亲切动人。非无鄙词，但觉其精力弥满。可知淫词与鄙词之病，非淫与鄙之病，而游词〔三〕之病也。“岂不尔思，室是远而。”而子曰：“未之思也，夫何远之有？”〔四〕恶其游也。

〔一〕《古诗十九首》第二："青青河畔草，郁郁园中柳。盈盈楼上女，皎皎当窗牖。娥娥红粉妆，纤纤出素手。昔为倡家女，今为荡子妇。荡子行不归，空床难独守。"（据《文选》卷二十九）

〔二〕《古诗十九首》第四："今日良宴会，欢乐难具陈。弹筝奋逸响，新声妙入神。令德唱高言，识曲听其真。齐心同所愿，含意俱未申。人生寄一世，奄忽若飙尘。何不策高足，先据要路津？无为守穷贱，轗轲长苦辛。"（据《文选》卷二十九）

〔三〕金应珪《词选·后序》："规模物类，依托歌舞。哀乐不衷其性，虑叹无与乎情。连章累篇，义不出乎花鸟。感物指事，理不外乎酬应。虽既雅而不艳，斯有句而无章。是谓游词。"

〔四〕《论语·子罕》："唐棣之华，偏其反而。岂不尔思，室是远而。子曰：未之思也，夫何远之有？"

六三

"枯藤老树昏鸦。小桥流水平沙〔一〕。古道西风瘦马。夕阳西下。断肠人在天涯。"此元人马东篱《天净沙》小令也。寥寥数语，深得唐人绝句妙境。有元一代词家，皆不能办此也。

〔一〕按此曲见诸元刊本《乐府新声》卷中、元刊本周德清《中原音韵定格》、明刊本蒋仲舒《尧山堂外纪》卷六十八、明刊本张禄《词林摘艳》及《知不足斋丛书》本盛如梓《庶斋老学丛谈》等书者，“平沙”均作“人家”，即观堂《宋元戏曲考》所引亦同。惟《历代诗馀》则作“平沙”，又“西风”作“凄风”，盖欲避去复字耳。观堂此处所引，殆即本《诗馀》也。

六四

白仁甫《秋夜梧桐雨》剧，沉雄悲壮，为元曲冠冕。然所作《天籁词》，粗浅之甚，不足为稼轩奴隶。岂创者易工，而因者难巧欤？抑人各有能有不能也？读者观欧、秦之诗远不如词，足透此中消息。

宣统庚戌九月脱稿于京师宣武城南寓庐。

人间词话删稿

一

白石之词，余所最爱者，亦仅二语，曰："淮南皓月冷千山，冥冥归去无人管。"〔一〕

〔一〕姜夔《踏莎行》（自沔东来。丁未元日至金陵，江上感梦而作。）："燕燕轻盈，莺莺娇软。分明又向华胥见。夜长争得薄情知，春初早被相思染。　别后书辞，别时针线。离魂暗逐郎行远。淮南皓月冷千山，冥冥归去无人管。"（据《白石道人歌曲》卷三）［按：此则原稿在前词话第四九则之后，故云："亦仅二语。"］

二

双声、叠韵之论，盛于六朝，唐人犹多用之。至宋以后，则渐不讲，并不知二者为何物。乾嘉间，吾乡周松霭先生（春）著《杜诗双声叠韵谱括略》，正千馀年之误，可谓有功文苑者矣。其言曰："两字同母谓之双声，两字同韵谓之叠韵。"余按用今日各国文法通用之语表之，则两字同一子音者谓之双声。如《南史·羊元保传》之“官家恨狭，更广八分”，“官家更广”四字，皆从“k”得声。《洛阳伽蓝记》之“狞奴慢骂”，“狞奴”二字，皆从“n”得声。“慢骂”二字，皆从“m”得声也。两字同一母音者，谓之叠韵。如梁武帝“后牖有朽柳”，“后牖有”三字，双声而兼叠韵。“有朽柳”三字，其母音皆为“u”。刘孝绰之“梁皇长康强”，“梁长强”三字，其母音皆为“ian”也〔一〕。自李淑《诗苑》伪造沈约之说，以双声叠韵为诗中八病之二〔二〕，后世诗家多废而不讲，亦不复用之于词。余谓苟于词之荡漾处多用叠韵，促节处用双声，则其铿锵可诵，必有过于前人者。惜世之专讲音律者，尚未悟此也！［按：此则在原稿内已删去。］

〔一〕葛立方《韵语阳秋》卷四引陆龟蒙诗序：“叠韵起自梁武帝，云：‘后牖有朽柳。’当时侍从之臣皆倡和。刘孝绰云：‘梁王长康强。’沈休文云：‘偏眠船舷边。’庾肩吾云：‘载碓每碍埭。’自后用此体作为小诗者多矣。”

〔二〕周春《杜诗双声叠韵谱括略》七引李淑《诗苑》：“梁沈约云：‘诗病有八……七曰旁纽，八曰正纽。’”（谓十字内两字双声为“正纽”，若不共一字而有双声为“旁纽”，如“流六”为正纽，“流柳”为旁纽。）周春案：“正纽、旁纽，皆指双声而言。观神珙之图，自可悟入。若此注所云，则旁纽即叠韵矣，非。”

三

世人但知双声之不拘四声，不知叠韵亦不拘平、上、去三声。凡字之同母者，虽平仄有殊，皆叠韵也。[按：原稿此则已删去。今补。]

四

诗至唐中叶以后，殆为羔雁之具矣。故五代、北宋之诗，佳者绝少，而词则为其极盛时代。即诗词兼擅如永叔、少游者，词胜于诗远甚。以其写之于诗者，不若写之于词者之真也。至南宋以后，词亦为羔雁之具，而词亦替矣。（《文学小言》十三此下有“除稼轩一人外”六字注。）此亦文学升降之一关键也。

五

曾纯甫中秋应制，作《壶中天慢》词〔一〕，自注云：“是夜，西兴亦闻天乐。”谓宫中乐声，闻于隔岸也。毛子晋谓：“天神亦不以人废言。”〔二〕近冯梦华复辨其诬〔三〕。不解"天乐"二字文义，殊笑人也！［按：曾觌此词，原为《海野词》所未载，殆毛晋据《武林旧事》卷七补录。调名下小字注，亦出自《武林旧事》，实非曾觌自注。］

〔一〕曾觌《壶中天慢》(此进御月词也。上皇大喜曰："从来月词，不曾用'金瓯'事，可谓新奇。"赐金束带、紫番罗、水晶碗。上亦赐宝盏。至一更五点还宫。是夜，西兴亦闻天乐焉。)："素飙漾碧，看天衢稳送，一轮明月。翠水瀛壶人不到，比似世间秋别。玉手瑶笙，一时同色，小按《霓裳》叠。天津桥上，有人偷记新阕。　当日谁幻银桥？阿瞒儿戏，一笑成痴绝。肯信群仙高宴处，移下水晶宫阙。云海尘清，山河影满，桂冷吹香雪。何劳玉斧，金瓯千古无缺。"(据汲古阁本《海野词》)

〔二〕《宋六十名家词》。毛晋跋《海野词》："进月词，一夕西兴，共闻天乐，岂天神亦不以人废言耶？"

〔三〕冯煦《宋六十一家词选例言》："曾纯甫赋进御月词，其自记云：'是夜，西兴亦闻天乐。'子晋遂谓天神亦不以人废言。不知宋人每好自神其说。白石道人尚欲以巢湖风驶归功于《平调满江红》，于海野何讥焉？"

六

北宋名家以方回为最次。其词如历下、新城之诗，非不华赡，惜少真味。

七

散文易学而难工，骈文难学而易工。近体诗易学而难工，古体诗难学而易工。小令易学而难工，长调难学而易工。

八

古诗云："谁能思不歌？谁能饥不食？"〔一〕诗词者，物之不得其平而鸣者也。故欢愉之辞难工，愁苦之言易巧。

〔一〕晋宋齐辞《子夜歌》："谁能思不歌？谁能饥不食？日冥当户倚，惆怅底不忆？"（据《乐府诗集》第四十四卷）

九

社会上之习惯，杀许多之善人。文学上之习惯，杀许多之天才。

一〇

昔人论诗词，有景语、情语之别。不知一切景语，皆情语也。[按：原稿此则已删去。]

一一

词家多以景寓情。其专作情语而绝妙者，如牛峤之“甘（当作‘须’）作一生拚，尽君今日欢”〔一〕，顾敻之“换我心为你心，始知相忆深”〔二〕，欧阳修之“衣带渐宽终不悔，为伊消得人憔悴”〔三〕，美成之“许多烦恼，只为当时，一晌留情”〔四〕，此等词求之古今人词中，曾不多见。

〔一〕牛峤《菩萨蛮》：“玉炉冰簟鸳鸯锦，粉融香汗流山枕。帘外辘轳声，敛眉含笑惊。　　柳阴烟漠漠，低鬓蝉钗落。须作一生拚，尽君今日欢。”（据观堂自辑本《牛给事词》）

〔二〕顾敻《诉衷情》：“永夜抛人何处去？绝来音。香阁掩，眉敛，月将沉。　　争忍不相寻？怨孤衾。换我心为你心，始知相忆深。”（据观堂自辑本《顾太尉词》）

〔三〕柳永《凤栖梧》词，已见前页一七注。此词又误入《欧阳文忠公近体乐府》及《醉翁琴趣外编》（俱双照楼景宋本），惟汲古阁本《六一词》则已删去。[按：参阅下第四二则。]

〔四〕周邦彦《庆宫春》：“云接平冈，山围寒野，路回渐转孤城。衰柳啼鸦，惊风驱雁，动人一片秋声。倦途休驾，淡烟里，微茫见星。尘埃憔悴，生怕黄昏，离思牵萦。　华堂旧日逢迎。花艳参差，香雾飘零。弦管当头，偏怜娇凤，夜深簧暖笙清。眼波传意，恨密约匆匆未成。许多烦恼，只为当时，一饷留情。”（据《清真集》卷下）

一二

词之为体，要眇宜修。能言诗之所不能言，而不能尽言诗之所能言。诗之境阔，词之言长。

一三

言气质，言神韵，不如言境界。有境界，本也。气质、神韵，末也。有境界而二者随之矣。

一四

“西（当作‘秋’）风吹渭水，落日（当作‘叶’）满长安。”〔一〕美成以之入词〔二〕，白仁甫以之入曲〔三〕，此借古人之境界为我之境界者也。然非自有境界，古人亦不为我用。

〔一〕贾岛《忆江上吴处士》：“闽国扬帆去，蟾蜍亏复圆。秋风吹渭水，落叶满长安。此夜聚会夕，当时雷雨寒。兰桡殊未返，消息海云端。”（据《畿辅丛书》本《长江集》卷五）

〔二〕周邦彦《齐天乐》(秋思):“绿芜凋尽台城路,殊乡又逢秋晚。暮雨生寒,鸣蛩劝织,深阁时闻裁剪。云窗静掩。叹重拂罗裀,顿疏花簟。尚有练囊,露萤清夜照书卷。　荆江留滞最久,故人相望处,离思何限?渭水西风,长安乱叶,空忆诗情宛转。凭高眺远。正玉液新篘,蟹螯初荐。醉倒山翁,但愁斜照敛。”(据《清真集》卷下)

〔三〕白朴《双调·德胜乐》(秋):“玉露冷,蛩吟砌。听落叶西风渭水。寒雁儿长空嘹唳。陶元亮醉在东篱。”(据《散曲丛刊》本《阳春白雪补集》)

又《梧桐雨》杂剧第二折《普天乐》:“恨无穷,愁无限。争奈仓卒之际,避不得蓦岭登山。銮驾迁。成都盼。更那堪浐水西飞雁,一声声送上雕鞍。伤心故园。西风渭水,落日长安。”(据《元明杂剧》本)

一五

长调自以周、柳、苏、辛为最工。美成《浪淘沙慢》二词〔一〕,精壮顿挫,已开北曲之先声。若屯田之《八声甘州》〔二〕,东坡之《水调歌头》〔三〕,则伫兴之作,格高千古,不能以常调论也。

〔一〕周邦彦《浪淘沙慢》:“昼阴重,霜凋岸草,雾隐城堞。南陌脂车待发,东门帐饮乍阕。正拂面、垂杨堪揽结。掩红泪，玉手亲折。念汉浦离鸿去何许，经时信音绝。　　情切。望中地远天阔。向露冷风清、无人处，耿耿寒漏咽。嗟万事难忘，唯是轻别。翠罇未竭。凭断云留取，西楼残月。　　罗带光销纹衾叠。连环解，旧香顿歇。怨歌永，琼壶敲尽缺。恨春去，不与人期，弄夜色，空馀满地梨花雪。”（据《清真集》卷上）

又一阕：“万叶战，秋声露结，雁度砂碛。细草和烟尚绿，遥山向晚更碧。见隐隐、云边新月白。映落照、帘幕千家，听数声、何处倚楼笛。装点尽秋色。　　脉脉。旅情暗自消释。念珠玉、临水犹悲感，何况天涯客？忆少年歌酒，当时踪迹。岁华易老，衣带宽，懊恼心肠终窄。　　飞散后、风流人阻。蓝桥约、怅恨路隔。马蹄过，犹嘶旧巷陌。叹往事，一一堪伤，旷望极。凝思又把阑干拍。”（据《清真集·补遗》）

〔二〕柳永《八声甘州》：“对潇潇、暮雨洒江天，一番洗清秋。渐霜风凄惨，关河冷落，残照当楼。是处红衰翠减，苒苒物华休。惟有长江水，无语东流。　　不忍登高临远，望故乡渺邈，归思难收。叹年来踪迹，何事苦淹留。想佳人、妆楼颙望，误几回、天际识归舟。争知我、倚阑干处，正恁凝愁。”（据《彊村丛书》本《乐章集》下卷）

〔三〕苏轼《水调歌头》（丙辰中秋，欢饮达旦，大醉。作此篇，兼怀子由。）：“明月几时有？把酒问青天。不知天上宫阙，今夕是何年？我欲乘风归去，惟恐琼楼玉宇，高处不胜寒。起舞弄清影，何似在人间。　　转朱阁，低绮户，照无眠。不应有恨，何事长向别时圆？人有悲欢离合，月有阴晴圆缺，此事古难全。但愿人长久，千里共婵娟。”（据《东坡乐府笺》卷一）

一六

稼轩《贺新郎》词“送茂嘉十二弟”〔一〕，章法绝妙。且语语有境界，此能品而几于神者。然非有意为之，故后人不能学也。

〔一〕辛弃疾《贺新郎》（别茂嘉十二弟）：“绿树听鹈鴂。更那堪鹧鸪声住，杜鹃声切！啼到春归无寻处，苦恨芳菲都歇。算未抵人间离别。马上琵琶关塞黑，更长门翠辇辞金阙。看燕燕，送归妾。　　将军百战身名烈。向河梁、回头万里，故人长绝。易水萧萧西风冷，满座衣冠似雪。正壮士悲歌未彻。啼鸟还知如许恨，料不啼清泪长啼血。谁共我，醉明月？”（据《稼轩长短句》卷一）［按：元大德本“身名烈”作“身名裂”，较是。］

一七

稼轩《贺新郎》词：“柳暗凌波路。送春归猛风暴雨，一番新绿。”〔一〕又《定风波》词：“从此酒酣明月夜。耳热。”〔二〕“绿”“热”二字，皆作上去用。与韩玉《东浦词·贺新郎》〔三〕以“玉”“曲”叶“注”“女”，《卜算子》〔四〕以“夜”“谢”叶“食”“月”（按“食”当作“节”，“食”在词中既非韵，在词韵中与“月”又非同部，想系笔误），已开北曲四声通押之祖。

〔一〕辛弃疾《贺新郎》：“柳暗凌波路。送春归猛风暴雨，一番新绿。千里潇湘葡萄涨，人解扁舟欲去。又樯燕留人相语。艇子飞来生尘步，唾花寒唱我新番句。波似箭，催鸣橹。　黄陵祠下山无数。听湘娥、泠泠曲罢，为谁情苦。行到东吴春已暮。正江阔潮平稳渡。望金雀觚棱翔舞。前度刘郎今重到，问玄都千树花存否？愁为倩，么弦诉。”（据《稼轩长短句》卷一）

〔二〕辛弃疾《定风波》（自和）：“金印累累佩陆离，河梁更赋断肠诗。莫拥旌旗真个去。何处。玉堂元自要论思。　且约风流三学士。同醉。春风看试几枪旗。从此酒酣明月夜。耳热。那边应是说侬时。”（据《稼轩长短句》卷八）

〔三〕韩玉《贺新郎》（咏水仙）：“绰约人如玉。试新妆娇黄半绿，汉宫匀注。倚傍小栏闲凝伫，翠带风前似舞。记洛浦当年俦侣。罗袜尘生香冉冉，料征鸿微步凌波女。惊梦断，楚江曲。　春工若见应为主。忍教都、闲亭邃馆，冷风凄雨。待把此花都折取，和泪连香寄与。须信道离情如许。烟水茫茫斜照里，是骚人《九辩》招魂处。千古恨，与谁语？”（据汲古阁本《东浦词》）

〔四〕韩玉《卜算子》：“杨柳绿成阴，初过寒食节。门掩金铺独自眠，那更□寒夜。　　强起立东风，惨惨梨花谢。何事王孙不早归？寂寞秋千月。”（据《东浦词》）［按：据汲古阁抄本《东浦词》，上片第四句方空乃“逢”字。］

一八

谭复堂《箧中词选》谓：“蒋鹿潭《水云楼词》与成容若、项莲生，二（原作‘三’，依《箧中词》卷五改。）百年间，分鼎三足。”然《水云楼词》小令颇有境界，长调惟存气格。《忆云词》精实有馀，超逸不足，皆不足与容若比。然视皋文、止庵辈，则倜乎远矣。

一九

词家时代之说，盛于国初。竹垞谓：词至北宋而大，至南宋而深〔一〕。后此词人，群奉其说。然其中亦非无具眼者。周保绪曰：“南宋下不犯北宋拙率之病，高不到北宋浑涵之诣。”又曰：“北宋词多就景叙情，故珠圆玉润，四照玲珑。至稼轩、白石，一变而为即事叙景，使深者反浅，曲者反直。”〔二〕潘四农德舆曰：“词滥觞于唐，畅于五代，而意格之闳深曲挚，则莫盛于北宋。词之有北宋，犹诗之有盛唐。至南宋则稍衰矣。”〔三〕刘融斋熙载曰：“北宋词用密亦疏、用隐亦亮、用沉亦快、用细亦阔、用精亦浑。南宋只是掉转过来。”〔四〕可知此事自有公论。虽止庵词颇浅薄，潘、刘尤甚。然其推尊北宋，则与明季云间诸公，同一卓识也。

〔一〕朱彝尊《词综发凡》：“世人言词，必称北宋。然词至南宋始极其工，至宋季而始极其变。”

〔二〕见周济《介存斋论词杂著》。

〔三〕见潘德舆《养一斋集》卷二十二《与叶生名沣书》。

〔四〕见刘熙载《艺概》卷四《词曲概》。

二〇

唐五代北宋之词，可谓生香真色。若云间诸公，则彩花耳。湘真且然，况其次也者乎？

二一

《衍波词》之佳者，颇似贺方回。虽不及容若，要在浙中诸子［按：据原稿“浙中诸子”四字作“锡鬯、其年"。] 之上。

二二

近人词如《复堂词》之深婉,《彊村词》之隐秀，皆在半塘老人上。彊村学梦窗而情味较梦窗反胜。盖有临川、庐陵之高华，而济以白石之疏越者。学人之词，斯为极则。然古人自然神妙处，尚未见及。

二三

宋直方（原作“尚木”,误。案“徵舆”字“直方”,“尚木”乃“徵璧”字，因据改。)《蝶恋花》:“新样罗衣浑弃却，犹寻旧日春衫著。”〔一〕谭复堂《蝶恋花》:“连理枝头侬与汝,千花百草从渠许。”〔二〕可谓寄兴深微。

〔一〕宋徵舆《蝶恋花》:“宝枕轻风秋梦薄。红敛双蛾，颠倒垂金雀。新样罗衣浑弃却，犹寻旧日春衫著。　偏是断肠花不落。人苦伤心，镜里颜非昨。曾误当初青女约，只今霜夜思量着。”(据《半厂丛书》本《箧中词今集》卷一)

〔二〕谭献《蝶恋花》:“帐里迷离香似雾。不烬炉灰，酒醒闻馀语。连理枝头侬与汝，千花百草从渠许。　莲子青青心独苦。一唱将离，日日风兼雨。豆蔻香残杨柳暮，当时人面无寻处。”(据《半厂丛书》本《复堂词》)

二四

《半唐丁稿》中和冯正中《鹊踏枝》十阕，乃《鹜翁词》之最精者。"望远愁多休纵目"等阕，郁伊惝恍，令人不能为怀。《定稿》只存六阕，殊为未允也。〔一〕

〔一〕王鹏运《鹊踏枝》（冯正中《鹊踏枝》十四阕，郁伊惝恍，义兼比兴，蒙耆诵焉。春日端居，依次属和。就均成词，无关寄托，而章句尤为凌杂。忆云生云："不为无益之事，何以遣有涯之生？"三复前言，我怀如揭矣。时光绪丙申三月二十八日。录十）："落蕊残阳红片片。懊恨比邻，尽日流莺转。似雪杨花吹又散，东风无力将春限。　慵把香罗裁便面。换到轻衫，欢意垂垂浅。襟上泪痕犹隐见，笛声催按《梁州遍》。"其一。"斜日危阑凝伫久。问讯花枝，可是年时旧？浓睡朝朝如中酒，谁怜梦里人消瘦。　香阁帘栊烟阁柳。片霎氤氲，不信寻常有。休遣歌筵回舞袖，好怀珍重春三后。"其二。"谱到《阳关》声欲裂。亭短亭长，杨柳那堪折。挑菜湔裙春事歇，带罗羞指同心结。　千里孤光同皓月。画角吹残，风外还呜咽。有限坠欢争忍说，伤生第一生离别。"其三。"风荡春云罗样薄。难得轻阴，芳事休闲却。几日啼鹃花又落，绿笺莫忘深深约。　老去吟情浑寂寞。细雨檐花，空忆灯前酌。隔院玉箫声乍作。眼前何物供哀乐。”其四。“漫说目成心便许。无据杨花，风里频来去。怅望朱楼难寄语，伤春谁念司勋误。　　枉把游丝牵弱缕。几片闲云，迷却相思路。锦帐珠帘歌舞处，旧欢新恨思量否？”其五。“昼日恹恹惊夜短。片霎欢娱，那惜千金换。燕睨莺颦春不管，敢辞弦索为君断。　　隐隐轻雷闻隔岸。暮雨朝霞，咫尺迷银汉。独对舞衣思旧伴，龙山极目烟尘满。”其六。“望远愁多休纵目。步绕珍丛，看笋将成竹。晓露暗垂珠罣罳，芳林一带如新浴。　　檐外春山森碧玉。梦里骖鸾，记过清湘曲。自定新弦移雁足，弦声未抵归心促。”其七。“谁遣春韶随水去。醉倒芳尊，忘却朝和暮。换尽大堤芳草路，倡条都是相思树。　　蜡烛有心灯解语。泪尽唇焦，此恨消沉否。坐对东风怜弱絮，萍飘后日知何处。”其八。“对酒肯教欢意尽。醉醒恹恹，无那忺春困。锦字双行笺别恨，泪珠界破残妆粉。　　轻燕受风飞远近。消息谁传？盼断乌衣信。曲几无憀闲自隐。镜奁心事孤鸾鬓。”其九。“几见花飞能上树。难系流光，枉费垂杨缕。筝雁斜飞排锦柱。只伊不解将春去。　　漫诩心情黏地絮。容易飘飏，那不惊风雨。倚遍阑干谁与语？思量有恨无人处。”其十。（据原刻本《半唐丁稿·鹜翁集》）按今《半唐定稿·鹜翁集》中存《鹊踏枝》六阕，计删第三、第六、第七、第九四阕。

二五

固哉，皋文之为词也！飞卿《菩萨蛮》、永叔《蝶恋花》、子瞻《卜算子》，皆兴到之作，有何命意？皆被皋文深文罗织〔一〕。阮亭《花草蒙拾》谓："坡公命宫磨蝎，生前为王珪、舒亶辈所苦，身后又硬受此差排。"〔二〕由今观之，受差排者，独一坡公已耶？

〔一〕温庭筠《菩萨蛮》："小山重叠金明灭，鬓云欲度香腮雪。懒起画蛾眉，弄妆梳洗迟。　照花前后镜，花面交相映。新贴绣罗襦，双双金鹧鸪。"（据《金荃词》）张惠言《词选》评："此感士不遇也。篇法仿佛《长门赋》。'照花'四句，《离骚》初服之意。"

欧阳修《蝶恋花》，即冯延巳之《鹊踏枝》（已见页二注）。据唐圭璋先生考证，此词为冯作。后亦收于欧阳集中，实误。《词选》评："'庭院深深'，闺中既以邃远也。'楼高不见'，哲王又不寤也。'章台游冶'，小人之径。'雨横风狂'，政令暴急也。'乱红飞去'，斥逐者非一人而已，殆为韩、范作乎？"

苏轼《卜算子》（黄州定慧院寓居作）："缺月挂疏桐，漏断人初静。谁见幽人独往来？缥缈孤鸿影。　惊起却回头，有恨无人省。拣尽寒枝不肯栖，寂寞沙洲冷。"（据《东坡乐府笺》卷二)《词选》评:“此东坡在黄州作。鲖阳居士云:‘缺月’,刺明微也。‘漏断’,暗时也。‘幽人’,不得志也。‘独往来’,无助也。‘惊鸿’,贤人不安也。‘回头’,爱君不忘也。‘无人省’,君不察也。‘拣尽寒枝不肯栖’,不偷安于高位也。‘寂寞沙洲冷’,非所安也。此词与《考槃》诗极相似。”[按:鲖阳居士语见《唐宋诸贤绝妙词选》卷二。]

〔二〕王士禛《花草蒙拾》:“仆尝戏谓:坡公命官磨蝎,湖州诗案,生前为王珪、舒亶辈所苦,身后又硬受此差排耶?”

二六

贺黄公谓:“姜论史词,不称其‘软语商量’,而赏(原作‘称’,依《词筌》改。)其‘柳昏花暝’,固知不免项羽学兵法之恨。”〔一〕然“柳昏花暝”,自是欧、秦辈句法,前后有画工化工之殊。吾从白石,不能附和黄公矣。

〔一〕贺黄公语,见贺裳《皱水轩词筌》。姜论史词,见《中兴以来绝妙词选》卷七所引。“软语商量”、“柳昏花暝”,系史达祖《双双燕》(咏燕)句,已见页二五注。

二七

"池塘春草谢家春，万古千秋五字新。传语闭门陈正字，可怜无补费精神。"此遗山论诗绝句也。梦窗、玉田辈，当不乐闻此语。

二八

朱子《清邃阁论诗》谓:"古人诗中（原无'诗中'两字，依《朱子大全》增。）有句，今人诗更无句，只是一直说将去。这般诗（原无'诗'字）一日作百首也得。"余谓北宋之词有句，南宋以后便无句。如玉田、草窗之词，所谓"一日作百首也得"者也。

二九

朱子谓:"梅圣俞诗，不是平淡，乃是枯槁。"〔一〕余谓草窗、玉田之词亦然。

〔一〕朱子语见《清邃阁论诗》。

三〇

"自怜诗酒瘦，难应接，许多春色。"〔一〕"能几番游？看花又是明年。"〔二〕此等语亦算警句耶？乃值如许笔力！

〔一〕史达祖《喜迁莺》："月波疑滴，望玉壶天近，了无尘隔。翠眼圈花，冰丝织练，黄道宝光相直。自怜诗酒瘦，难应接，许多春色。最无赖，是随香趁烛，曾伴狂客。　踪迹。谩记忆。老了杜郎，忍听东风笛。柳院灯疏，梅厅雪在，谁与细倾春碧。旧情拘未定，犹自学、当年游历。怕万一，误玉人夜寒帘隙。"（据《梅溪词》）

〔二〕张炎《高阳台》（西湖春感）："接叶巢莺，平波卷絮，断桥斜日归船。能几番游？看花又是明年。东风且伴蔷薇住，到蔷薇春已堪怜。更凄然。万绿西泠，一抹荒烟。　当年燕子知何处？但苔深韦曲，草暗斜川。见说新愁，如今也到鸥边。无心再续笙歌梦，掩重门、浅醉闲眠。莫开帘。怕见飞花，怕听啼鹃。"（据《山中白云》卷一）

三一

文文山词，风骨甚高，亦有境界，远在圣与、叔夏、公谨诸公之上。亦如明初诚意伯词，非季迪、孟载诸人所敢望也。

三二

和凝《长命女》词："天欲晓。宫漏穿花声缭绕，窗里星光少。　　冷霞寒侵帐额，残月光沉树杪。梦断锦闱空悄悄。强起愁眉小。”此词前半，不减夏英公《喜迁莺》也〔一〕。

〔一〕夏竦《喜迁莺》词，见前页六注。

三三

宋《李希声诗话》曰：“唐（当作‘古’）人作诗，正以风调高古为主。虽意远语疏，皆为佳作。后人有切近的当、气格凡下者，终使人可憎。”〔一〕余谓北宋词亦不妨疏远。若梅溪以降，正所谓“切近的当、气格凡下”者也。

〔一〕见魏庆之《诗人玉屑》卷十引。

三四

自竹垞痛贬《草堂诗馀》而推《绝妙好词》〔一〕，后人群附和之。不知《草堂》虽有亵诨之作，然佳词恒得十之六七。《绝妙好词》则除张、范、辛、刘诸家外，十之八九，皆极无聊赖之词。古人云：小好小惭，大好大惭〔二〕，洵非虚语。[按：“古人云”以下共十五字，原稿已改作“甚矣，人之贵耳贱目也！”]

〔一〕朱彝尊《书〈绝妙好词〉后》：“词人之作，自《草堂诗馀》盛行，屏去《激楚》、《阳阿》，而《巴人》之唱齐进矣。周公谨《绝妙好词》选本虽未尽醇，然中多俊语，方诸《草堂》所录，雅俗殊分。”

〔二〕韩愈《与冯宿论文书》：“时时应事作俗下文字，下笔令人惭。及示人，则以为好。小惭者亦蒙谓之小好，大惭者即必以为大好矣。”

三五

梅溪、梦窗、玉田、草窗、西麓诸家，词虽不同，然同失之肤浅。虽时代使然，亦其才分有限也。近人弃周鼎而宝康瓠，实难索解。

三六

余友沈昕伯纮自巴黎寄余《蝶恋花》一阕云：“帘外东风随燕到。春色东来，循我来时道。一霎围场生绿草，归迟却怨春来早。　锦绣一城春水绕。庭院笙歌，行乐多年少。著意来开孤客抱，不知名字闲花鸟。”此词当在晏氏父子间，南宋人不能道也。

三七

“君王枉把平陈业，换得雷塘数亩田。”〔一〕政治家之言也。“长陵亦是闲邱陇，异日谁知与仲多？”〔二〕诗人之言也。政治家之眼，域于一人一事。诗人之眼，则通古今而观之。词人观物，须用诗人之眼，不可用政治家之眼。故感事、怀古等作，当与寿词同为词家所禁也。

〔一〕罗隐《炀帝陵》：“入郭登桥出郭船，红楼日日柳年年。君王忍把平陈业，只换雷塘数亩田。”（据《四部丛刊》本《甲乙集》卷三）

〔二〕唐彦谦《仲山》（高祖兄仲山隐居之所）：“千载遗踪寄薜萝，沛中乡里汉山河。长陵亦是闲丘垄，异日谁知与仲多？”（据《晨风阁丛书》本《鹿门集拾遗》）

三八

宋人小说，多不足信。如《雪舟脞语》谓：台州知府唐仲友眷官伎严蕊奴。朱晦庵系治之。及晦庵移去，提刑岳霖行部至台，蕊乞自便。岳问曰：“去将安归？”蕊赋《卜算子》词云：“住也如何住”云云〔一〕。案此词系仲友戚高宣教作，使蕊歌以侑觞者，见朱子《纠唐仲友奏牍》〔二〕。则《齐东野语》所纪朱、唐公案〔三〕，恐亦未可信也。

〔一〕陶宗仪《说郛》卷五十七引《雪舟脞语》：“唐悦

斋仲友字与正，知台州。朱晦庵为浙东提举，数不相得，至于互申。寿皇问宰执二人曲直。对曰：秀才争闲气耳。悦斋眷官妓严蕊奴，晦庵捕送囹圄。提刑岳商卿霖行部疏决，蕊奴乞自便。宪使问去将安归？蕊奴赋《卜算子》，末云：'住也如何住，去也终须去。若得山花插满头，莫问奴归处。'宪笑而释之。"

〔二〕朱熹《朱子大全》卷十九《按唐仲友第四状》："五月十六日筵会，仲友亲戚高宣教撰曲一首，名《卜算子》。后一段云：'去又如何去，住又如何住。但得山花插满头，休问奴归处。'"

〔三〕周密《齐东野语》卷十七《朱唐交奏本末》："朱晦庵按唐仲友事，或云吕伯恭尝与仲友同书会，有隙，朱主吕，故抑唐，是不然也。盖唐平时恃才轻晦庵，而陈同父颇为朱所进，与唐每不相下。同父游台，尝狎籍妓，嘱唐为脱籍，许之。偶郡集，唐语妓云：'汝果欲从陈官人邪？'妓谢。唐云：'汝须能忍饥受冻乃可。'妓闻大恚。自是陈至妓家，无复前之奉承矣。陈知为唐所卖，亟往见朱。朱问：'近日小唐云何？'答曰：'唐谓公尚不识字，如何作监司？'朱衔之，遂以部内有冤狱，乞再巡按。既至台，适唐出迎少稽，朱益以陈言为信。立索郡印，付以次官。乃摭唐罪具奏，而唐亦作奏驰上。时唐乡相王淮当轴。既进呈，上问王。王奏：‘此秀才争闲气耳。’遂两平其事。详见周平园、王季海日记。而朱门诸贤所著《年谱》、《道统录》，乃以季海右唐而并斥之，非公论也。其说闻之陈伯玉式卿，盖亲得之婺之诸吕云。”

三九

《沧浪》〔一〕、《凤兮》〔二〕二歌，已开《楚辞》体格。然《楚辞》之最工者，推屈原、宋玉，而后此之王褒、刘向之词不与焉。五古之最工者，实推阮嗣宗、左太冲、郭景纯、陶渊明，而前此曹、刘，后此陈子昂、李太白不与焉。词之最工者，实推后主、正中、永叔、少游、美成，而后此南宋诸公不与焉。[按：末句原稿作：“前此温、韦，后此姜、吴，皆不与焉。”]

〔一〕《孟子·离娄上》有《孺子歌》曰：“沧浪之水清兮，可以濯我缨。沧浪之水浊兮，可以濯我足。”

〔二〕《论语·微子》：“楚狂接舆歌而过孔子曰：‘凤兮凤兮，何德之衰？往者不可谏，来者犹可追。已而已而，今之从政者殆而！’”

四〇

唐五代之词，有句而无篇。南宋名家之词，有篇而无句。有篇有句，唯李后主降宋后之作，及永叔、子瞻、少游、美成、稼轩数人而已。

四一

唐五代北宋之词家，倡优也。南宋后之词家，俗子也。二者其失相等。但词人之词，宁失之倡优，不失之俗子。以俗子之可厌，较倡优为甚故也。

四二

《蝶恋花》“独倚危楼”一阕，见《六一词》，亦见《乐章集》。余谓：屯田轻薄子，只能道“奶奶兰心蕙性”〔一〕耳。（原注：此等语固非欧公不能道也。）［按：以上二则，据原稿补。］

〔一〕柳永《玉女摇仙佩》：“飞琼伴侣，偶别珠宫，未返神仙行缀。取次梳妆，寻常言语，有得许多姝丽。拟把名花比。恐旁人笑我，谈何容易。细思算，奇葩艳卉，惟是深红浅白而已。争如这多情，占得人间，千娇百媚。　须信画堂绣阁，皓月清风，忍把光阴轻弃。自古及今，才子佳人，少得当年双美。且恁相偎倚。未消得怜我，多才多艺。愿奶奶兰心蕙性，枕前言下，表余深意。为盟誓。今生断不孤鸳被。”（据《乐章集》卷上）

四三

读《会真记》者，恶张生之薄倖，而恕其奸非。读《水浒传》者，恕宋江之横暴，而责其深险。此人人之所同也。故艳词可作，唯万不可作儇薄语。龚定庵诗云：“偶赋凌云偶倦飞，偶然闲慕遂初衣。偶逢锦瑟佳人问，便说寻春为汝归。”〔一〕其人之凉薄无行，跃然纸墨间。余辈读耆卿、伯可词，亦有此感。视永叔、希文小词何如耶？

〔一〕此为龚自珍《己亥杂诗》三百十五首之一，见《定庵续集》。

四四

词人之忠实，不独对人事宜然。即对一草一木，亦须有忠实之意，否则所谓游词也。

四五

读《花间》、《尊前集》，令人回想徐陵《玉台新咏》。读《草堂诗馀》，令人回想韦縠《才调集》。读朱竹垞《词综》，张皋文、董子远（原误作“晋卿”）《词选》，令人回想沈德潜《三朝诗别裁集》。

四六

明季国初诸老之论词，大似袁简斋之论诗，其失也，纤小而轻薄。竹垞以降之论词者，大似沈归愚，其失也，枯槁而庸陋。

四七

东坡之旷在神，白石之旷在貌。白石如王衍口不言阿堵物，而暗中为营三窟之计，此其所以可鄙也。

四八

“纷吾既有此内美兮，又重之以修能。”〔一〕文字之事，于此二者，不能缺一。然词乃抒情之作，故尤重内美。无内美而但有修能，则白石耳。

〔一〕此二句出屈原《离骚》。

四九

诗人视一切外物，皆游戏之材料也。然其游戏，则以热心为之。故诙谐与严重二性质,亦不可缺一也。

[按：此二则通行本未载，从原稿补。]

人间词话附录

一

蕙风词小令似叔原，长调亦在清真、梅溪间，而沉痛过之。彊村虽富丽精工，犹逊其真挚也。天以百凶成就一词人，果何为哉！

二

蕙风《洞仙歌》（秋日游某氏园）〔一〕及《苏武慢》（寒夜闻角）〔二〕二阕，境似清真，集中他作，不能过之。

〔一〕况周颐《洞仙歌》（秋日独游某氏园）："一向闲缘借。便意行散缓，消愁聊且。有花迎径曲，鸟呼林罅。秋光取次披图画。恣远眺、登临台与榭。堪潇洒。奈脉断征鸿，幽恨翻萦惹。　　忍把。鬓丝影里，袖泪寒边，露草烟芜，付与杜牧狂吟，误作少年游冶。残蝉肯共伤心话。问几见，斜阳疏柳挂？谁慰藉？到重阳，插菊携萸事真假。酒更贳。更有约东篱下。怕蹉跎霜讯，梦沉人悄西风乍。"（据

《惜阴堂丛书》本《蕙风词》卷下)

〔二〕况周颐《苏武慢》(寒夜闻角):“愁入云遥,寒禁霜重,红烛泪深人倦。情高转抑,思往难回,凄咽不成清变。风际断时,迢递天街,但闻更点。枉教人回首,少年丝竹,玉容歌管。　凭作出、百绪凄凉,凄凉惟有,花冷月闲庭院。珠帘绣幕,可有人听?听也可曾肠断?除却塞鸿,遮莫城乌,替人惊惯。料南枝明日,应减红香一半。”(据《蕙风词》卷上)

——以上赵万里录自《蕙风琴趣》评语

三

彊村词,余最赏其《浣溪沙》“独鸟冲波去意闲”二阕〔一〕,笔力峭拔,非他词可能过之。

〔一〕朱祖谋《浣溪沙》:“独鸟冲波去意闲,环霞如赭水如笺。为谁无尽写江天。　并舫风弦弹月上,当窗山髻挽云还。独经行地未荒寒。”其一。“翠阜红厓夹岸迎,阻风滋味暂时生。水窗官烛泪纵横。　禅悦新耽如有会,酒悲突起总无名。长川孤月向谁明?”其二。(据《彊村遗书》本《彊村语业》卷一)

四

蕙风《听歌》诸作，自以《满路花》为最佳[一]。至《题香南雅集图》诸词[二]，殊觉泛泛，无一言道着。

〔一〕况周颐《满路花》（彊村有听歌之约，词以坚之。）：“虫边安枕簟，雁外梦山河。不成双泪落，为闻歌。浮生何益，尽意付消磨。见说寰中秀，曼睩修蛾。旧家风度无过。　凤城丝管，回首惜铜驼。看花馀老眼，重摩挲。香尘人海，唱彻《定风波》。点鬓霜如雨，未比愁多。问天还问嫦娥。”（梅郎兰芳以《嫦娥奔月》一剧蜚声日下。）（据《蕙风词》卷下）

〔二〕按《题香南雅集图》诸词，无从查考。据《蕙风词史》，知《蕙风词》卷下之《戚氏》属之，因录如下：《戚氏》（沤尹为畹华索赋此调，走笔应之。）：“伫飞鸾。萼绿仙子彩云端。影月娉婷，浣霞明艳，好谁看？华鬘。梦寻难。当歌掩泪十年间。文园鬓雪如许，镜里长葆几朱颜？缟袂重认，红帘初卷，怕春暖也犹寒。乍维摩病榻，花雨催起，著意清欢。　丝管。赚出婵娟。珠翠照映，老眼太辛酸。春宵短。系骢难稳，栩蝶须还。近尊前。暂许对影，香南笛语，遍写乌阑。番（去）风渐急，省识将离，已忍目断关山。（畹华将别去，道人先期作虎山之游避之。）　念我沧江晚。消何逊笔，旧恨吟边。未解《清平调》苦，道苔枝、翠羽信缠绵。剧怜画罨瑶台、醉扶纸帐，争遣愁千万。算更无、月地云阶见。谁与诉、鹤守缘悭。甚素娥、暂缺能圆。更芳节、后约是今番。耐清寒惯，梅花赋也，好好纫兰。”

——以上赵万里自《丙寅日记》所记观堂论学语中摘出

五

（皇甫松）词，黄叔旸称其《摘得新》二首〔一〕，为有达观之见〔二〕。余谓不若《忆江南》二阕〔三〕，情味深长，在乐天、梦得［补注］上也。

〔一〕皇甫松《摘得新》：“酌一卮。须教玉笛吹。锦筵红蜡烛，莫来迟。繁红一夜经风雨，是空枝。”其一。“摘得新。枝枝叶叶春。管弦兼美酒，最关人。平生都得几十度，展香茵。”其二。（据观堂自辑本《檀栾子词》）

〔二〕黄昇语见《历代诗馀》卷一百十三引。[按：实出沈雄《古今词话·词评》卷上，不知所本。]

〔三〕皇甫松《忆江南》：“兰烬落，屏上暗红蕉。闲梦江南梅熟日，夜船吹笛雨潇潇。人语驿边桥。”其一。“楼上寝，残月下帘旌。梦见秣陵惆怅事，桃花柳絮满江城。双髻坐吹笙。”其二。（据《檀栾子词》）

［补注］白居易《忆江南》三首，见宋本《白氏文集》卷

三十四。刘禹锡二首，见宋本《刘梦得文集》外集卷四及宋本《乐府诗集》卷八十二，各录一首于此：白居易词："江南好，风景旧曾谙。日出江花红胜火，春来江水绿如蓝。能不忆江南。"刘禹锡词："春去也，多谢洛城人。弱柳从风疑举袂，丛兰裛露似沾巾。独坐亦含颦。"

六

端己词情深语秀，虽规模不及后主、正中，要在飞卿之上。观昔人颜、谢优劣论〔一〕可知矣。

〔一〕《南史·颜延之传》："延之尝问鲍照己与谢灵运优劣，照曰：'谢五言诗如初发芙蓉，自然可爱。君诗如铺锦列绣，亦雕缋满眼。'延年终身病之。"又钟嵘《诗品》："汤惠休曰：'谢诗如芙蓉出水，颜如错采镂金。'颜终身病之。"

七

（毛文锡）词比牛、薛诸人，殊为不及。叶梦得谓："文锡词以质直为情致，殊不知流于率露。诸人评庸陋词者，必曰：此仿毛文锡之《赞成功》〔一〕而不及者。"［补注］其言是也。

〔一〕毛文锡《赞成功》："海棠未坼，万点深红。香包缄结一重重。似含羞态，邀勒春风。蜂来蝶去，任绕

芳丛。　　昨夜微雨，飘洒庭中，忽闻声滴井边桐。美人惊起，坐听晨钟。快教折取，戴玉珑璁。”（据观堂自辑本《毛司徒词》）

［补注］叶梦得语，见沈雄《古今词话·词评》卷上，不知所从出。

八

（魏承班）词逊于薛昭蕴、牛峤，而高于毛文锡，然皆不如王衍。五代词以帝王为最工，岂不以无意于求工欤？

九

（顾）敻词在牛给事、毛司徒间。《浣溪沙》“春色迷人”一阕〔一〕，亦见《阳春录》。与《河传》、《诉衷情》数阕〔二〕，当为敻最佳之作矣。

〔一〕顾敻《浣溪沙》：“春色迷人恨正赊，可堪荡子不还家。细风轻露著梨花。　　帘外有情双燕飏，槛前无力绿杨斜。小屏狂梦极天涯。”（据《顾太尉词》）

〔二〕顾敻《河传》：“燕飏。晴景。小窗屏暖，鸳鸯交颈。菱花掩却翠鬟欹，慵整。海棠帘外影。　　绣帏香断金鸂鶒。无消息。心事空相忆。倚东风。春正浓。愁红。

泪痕衣上重。”其一。“曲槛。春晚。碧流纹细，绿杨丝软。露华鲜□杏枝繁。莺啭。野芜平似剪。　　直是人间到天上。堪游赏。醉眼疑屏障。对池塘。惜韶光。断肠。为花须尽狂。”其二。“棹举。舟去。波光渺渺，不知何处。岸花汀草共依依。雨微。鹧鸪相逐飞。　　天涯离恨江声咽。啼猿切。此意向谁说。舣兰桡。独无憀。魂销。小炉香欲焦。”其三。

又集中《诉衷情》凡两阕，其一已见页四八注，其另一如下：“香灭帘垂春漏永，整鸳衾。罗带重。双凤。缕黄金。　　窗外月光临。□沉沉。□断肠无处寻。□□负春心。”（据《顾太尉词》）［按：《花间集》此数首俱无空格，宜从。］

一〇

（毛熙震，）周密《齐东野语》称其词新警而不为儇薄〔一〕。余尤爱其《后庭花》〔二〕，不独意胜，即以调论，亦有隽上清越之致，视文锡蔑如也。

〔一〕周密语见《历代诗馀》卷一百十三引，今传各本均阙。［按：实出沈雄《古今词话·词评》卷上。疑非周密语。沈雄书所引多无稽。］

〔二〕毛熙震《后庭花》：“莺啼燕语芳菲节。瑞庭花发。

昔时欢宴歌声揭。管弦清越。　　自从陵谷追游歇。画梁尘黦。伤心一片如珪月。闲锁宫阙。”其一。“轻盈舞伎含芳艳。竞妆新脸。步摇珠翠修蛾敛。腻鬟云染。　　歌声慢发开檀点。绣衫斜掩。时将纤手匀红脸。笑拈金靥。”其二。“越罗小袖新香茜。薄笼金钏。倚栏无语摇金扇。半遮匀面。　　春残日暖莺娇懒。满庭花片。争不教人长相见。画堂深院。”其三。（据观堂自辑本《毛秘书词》）

一一

（阎选）词唯《临江仙》第二首〔一〕有轩翥之意，馀尚未足与于作者也。

〔一〕阎选《临江仙》：“十二高峰天外寒。竹梢轻拂仙坛。宝衣行雨在云端。画帘深殿，香雾冷风残。　　欲问楚王何处去？翠屏犹掩金鸾。猿啼明月照空滩。孤舟行客，惊梦亦艰难。”（据观堂自辑本《阎处士词》）

一二

昔沈文悫深赏（张）泌“绿杨花扑一溪烟”〔一〕为晚唐名句〔二〕。然其词如“露浓香泛小庭花”〔三〕，较前语似更幽艳。

〔一〕张泌《洞庭阻风》：“空江浩荡景萧然，尽日菰蒲泊钓船。青草浪高三月渡，绿杨花扑一溪烟。情多莫举伤春目，愁极兼无买酒钱。犹有渔人数家住，不成村落夕阳边。”（据《全唐诗》卷二十七）

〔二〕沈文悫语见《唐诗别裁》卷十六张蠙《夏日题老将林亭》一诗后评语。

〔三〕张泌《浣溪沙》：“独立寒阶望月华，露浓香泛小庭花。绣屏愁背一灯斜。　云雨自从分散后，人间无路到仙家。但凭魂梦访天涯。”（据观堂自辑本《张舍人词》）

一三

（孙光宪词，）昔黄玉林赏其“一庭花（当作‘疏’）雨湿春愁”〔一〕为古今佳句〔二〕。余以为不若“片帆烟际闪孤光”〔三〕，尤有境界也。

〔一〕孙光宪《浣溪沙》：“揽镜无言泪欲流，凝情半日懒梳头。一庭疏雨湿春愁。　杨柳只知伤怨别，杏花应信损娇羞。泪沾魂断轸离忧。”（据观堂自辑本《孙中丞词》）

〔二〕黄昇语见《历代诗馀》卷一百十三引。[按：亦出沈雄《古今词话·词评》卷上。]

〔三〕孙光宪《浣溪沙》：“蓼岸风多橘柚香，江边一望楚天长。片帆烟际闪孤光。　目送征鸿飞杳杳，思随流

水去茫茫。兰红波碧忆潇湘。”（据《孙中丞词》）

——以上录自《唐五代二十一家词辑》诸跋

一四

（周清真）先生于诗文无所不工，然尚未尽脱古人蹊径。平生著述，自以乐府为第一。词人甲乙，宋人早有定论〔一〕。惟张叔夏病其意趣不高远〔二〕。然北宋人如欧、苏、秦、黄，高则高矣，至精工博大，殊不逮先生。故以宋词比唐诗，则东坡似太白，欧、秦似摩诘，耆卿似乐天，方回、叔原则大历十子之流。南宋惟一稼轩可比昌黎。而词中老杜，则非先生不可。昔人以耆卿比少陵〔三〕，犹为未当也。

〔一〕陈振孙《直斋书录解题》集部歌词类《清真词》二卷《续集》一卷，下云："周美成邦彦撰，多用唐人诗语，檃栝入律，浑然天成。长调尤善铺叙，富艳精工，词人之甲乙也。"

〔二〕张炎《词源》卷下："美成词只当看他浑成处，于软媚中有气魄。采唐诗融化如自己者，乃其所长。惜乎意趣却不高远。"

〔三〕张端义《贵耳集》卷上："项平斋训'学诗当学杜诗，

学词当学柳词'，杜诗、柳词皆无表德，只是实说。"

一五

（清真）先生之词，陈直斋谓其多用唐人诗句櫽栝入律，浑然天成。张玉田谓其善于融化诗句，然此不过一端。不如强焕云："模写物态，曲尽其妙。"〔一〕为知言也。

〔一〕见汲古阁本《片玉词》强焕《题周美成词》。

一六

山谷云："天下清景，不择贤愚而与之，然吾特疑端为我辈设。"〔一〕诚哉是言！抑岂独清景而已，一切境界，无不为诗人设。世无诗人，即无此种境界。夫境界之呈于吾心而见于外物者，皆须臾之物。惟诗人能以此须臾之物，镌诸不朽之文字，使读者自得之。遂觉诗人之言，字字为我心中所欲言，而又非我之所能自言，此大诗人之秘妙也。境界有二：有诗人之境界，有常人之境界。诗人之境界，惟诗人能感之而能写之，故读其诗者，亦高举远慕，有遗世之意。而亦有得有不得，且得之者亦各有深浅焉。若夫悲欢离合、羁旅行役之感，常人皆能感之，而惟诗人能写之。故其入于人者至深，而行于世也尤广。(清真)先生之词，属于第二种为多。故宋时别本之多，他无与匹〔二〕。又和者三家〔三〕，注者二家〔四〕(强焕本亦有注，见毛跋)。自士大夫以至妇人女子，莫不知有清真，而种种无稽之言，亦由此以起〔五〕。然非入人之深，乌能如是耶？

〔一〕此数语见释惠洪《冷斋夜话》卷三。

〔二〕观堂先生《清真先生遗事·著述二》："案先生词集，其古本则见于《景定严州续志》、《花庵词选》者曰《清真诗馀》。见于《词源》者曰《圈法美成词》。见于《直斋书录》者曰《清真词》，曰《曹杓注清真词》。又与方千里、杨泽民《和清真词》合刻者曰《三英集》(见毛晋《方千里〈和清真词〉跋》)。子晋所藏《清真集》，其源亦出宋本，加以溧水本，是宋时已有七本。别本之多，为古今词家所未有。"

〔三〕宋人之和清真全词者有方千里《和清真词》(汲古阁刻《宋六十名家词》本)、杨泽民《和清真词》(江标刻《宋元名家词》本)及陈允平《西麓继周集》(朱祖谋刻《彊村丛书》本)三家。

〔四〕宋人注《清真词》者，有曹杓、陈元龙两家。曹注已逸，陈注即《彊村丛书》本《片玉集》。

〔五〕宋人笔记之记清真轶事者甚多。若张端义《贵耳集》、周密《浩然斋雅谈》、王明清《挥麈馀话》、王灼《碧鸡漫志》等书均有，类多无稽之言。观堂先生于《清真先生遗事·事迹一》中一一辨之，斥为好事者为之也。

一七

楼忠简谓（清真）先生妙解音律〔一〕，惟王晦叔《碧鸡漫志》谓："江南某氏者，解音律，时时度曲。周美成与有瓜葛。每得一解，即为制词。故周集中多新声。"〔二〕则集中新曲，非尽自度。然顾曲名堂，不能自已，固非不知音者。故先生之词，文字之外，须兼味其音律。惟词中所注宫调，不出教坊十八调之外。则其音非大晟乐府之新声，而为隋唐以来之燕乐，固可知也。今其声虽亡，读其词者，犹觉拗怒之中，自饶和婉。曼声促节，繁会相宣；清浊抑扬，辘轳交往。两宋之间，一人而已。

〔一〕楼钥《清真先生文集序》："公性好音律，如古之妙解，顾曲名堂，不能自已。"

〔二〕见《碧鸡漫志》卷第二。

——以上录自《清真先生遗事·尚论三》

一八

(《云谣集杂曲子》)《天仙子》词〔一〕特深峭隐秀，堪与飞卿、端己抗行。

〔一〕在《云谣集杂曲子》内有《天仙子》二首，但观堂先生写此文时，犹仅见其一，惟不知为何首耳。兹将两首一并录之：“燕语啼时三月半。烟蘸柳条金线乱。五陵原上有仙娥，携歌扇。香烂漫。留住九华云一片。　　犀玉满头花满面。负妾一双偷泪眼。泪珠若得似珍珠，拈不散。知何限？串向红丝应百万。”其一。“燕语莺啼惊觉梦。羞见鸾台双舞凤。天仙别后信难通，无人问，花满洞。休把同心千遍弄。　　叵耐不知何处去？正是花开谁是主？满楼明月应三更，无人语。泪如雨。便是思君肠断处。”其二。[按：观堂后已见此二首，见集中此文自注。]

——以上录自《观堂集林·唐写本〈云谣集杂曲子〉跋》

一九

（王）以凝词句法精壮，如和虞彦恭寄钱逊升（当作“叔”）《蓦山溪》一阕〔一〕、重午登霞楼《满庭芳》一阕〔二〕、舣舟洪江步下《浣溪沙》一阕〔三〕，绝无南宋浮艳虚薄之习。其他作亦多类是也。[按：此则乃观堂所录阮元《四库未收书目·〈王周士词〉提要》，实非观堂论词之语。]

〔一〕王周士《蓦山溪》（和虞彦恭寄钱逊叔）："平山堂上，侧戗歌南浦。醉望五州山，渺千里、银涛东注。钱郎英远，满腹贮精神。窥素壁，墨栖鸦，历历题诗处。　风裘雪帽，踏遍荆湘路。回首古扬州，沁天外、残霞一缕。德星光次，何日照长沙。《渔父曲》，《竹枝词》，万古歌来暮。"（据《彊村丛书》本《王周士词》）

〔二〕王周士《满庭芳》（重午登霞楼）："千古黄州，雪堂奇胜，名与赤壁齐高。竹楼千字，笔势压江涛。笑问江头皓月，应曾照、今古英豪。菖蒲酒，窊尊无恙，聊共访临皋。　陶陶。谁晤对，粲花吐论，宫锦纫袍。借银涛雪浪，一洗尘劳。好在江山如画，人易老、双鬓难茠。升平代，凭高望远，当赋《反离骚》。"（据《王周士词》）

〔三〕王周士《浣溪沙》（舣舟洪江步下）："起看船头蜀锦张，沙汀红叶舞斜阳。杖挐惊起睡鸳鸯。　木落群山雕玉□，霜和冷月浸澄江。疏篷今夜梦潇湘。"（据《王周士词》）

——以上录自《观堂别集·跋〈王周士词〉》

二〇

有明一代，乐府道衰。《写情》、《扣舷》，尚有宋元遗响。仁、宣以后，兹事几绝。独文愍（夏言）以魁硕之才，起而振之。豪壮典丽，与于湖、剑南为近。

——以上录自《观堂外集·桂翁词跋》

二一

王君静安将刊其所为《人间词》，诒书告余曰："知我词者莫如子，叙之亦莫如子宜。"余与君处十年矣，比年以来，君颇以词自娱。余虽不能词，然喜读词。每夜漏始下，一灯荧然，玩古人之作，未尝不与君共。君成一阕，易一字，未尝不以讯余。既而睽离，苟有所作，未尝不邮以示余也。然则余于君之词，又乌可以无言乎？

夫自南宋以后，斯道之不振久矣！元、明及国初诸老，非无警句也。然不免乎局促者，气困于雕琢也。嘉、道以后之词，非不谐美也。然无救于浅薄者，意竭于摹拟也。君之于词，于五代喜李后主、冯正中，于北宋喜永叔、子瞻、少游、美成，于南宋除稼轩、白石外，所嗜盖鲜矣。尤痛诋梦窗、玉田。谓梦窗砌字，玉田垒句。一雕琢，一敷衍。其病不同，而同归于浅薄。六百年来词之不振，实自此始。

其持论如此。及读君自所为词，则诚往复幽咽，动摇人心。快而沉，直而能曲。不屑屑于言词之末，而名句间出，殆往往度越前人。至其言近而指远，意决而辞婉，自永叔以后，殆未有工如君者也。君始为词时，亦不自意其至此，而卒至此者，天也，非人之所能为也。若夫观物之微，托兴之深，则又君诗词之特色。求之古代作者，罕有伦比。

呜呼！不胜古人，不足以与古人并，君其知之矣。世有疑余言者乎，则何不取古人之词，与君词比类而观之也？光绪丙午三月，山阴樊志厚叙。

二二

去岁夏，王君静安集其所为词，得六十馀阕，名曰《人间词甲稿》，余既叙而行之矣。今冬，复汇所作词为《乙稿》，丐余为之叙。余其敢辞。

乃称曰：文学之事，其内足以摅己，而外足以感人者，意与境二者而已。上焉者意与境浑，其次或以境胜，或以意胜。苟缺其一，不足以言文学。

原夫文学之所以有意境者,以其能观也。出于观我者,意馀于境。而出于观物者,境多于意。然非物无以见我,而观我之时,又自有我在。故二者常互相错综,能有所偏重,而不能有所偏废也。文学之工不工,亦视其意境之有无,与其深浅而已。自夫人不能观古人之所观,而徒学古人之所作,于是始有伪文学,学者便之,相尚以辞,相习以模拟,遂不复知意境之为何物,岂不悲哉!苟持此以观古今人之词,则其得失,可得而言焉。温、韦之精艳,所以不如正中者,意境有深浅也。《珠玉》所以逊《六一》,《小山》所以愧《淮海》者,意境异也。美成晚出,始以辞采擅长,然终不失为北宋人之词者,有意境也。南宋词人之有意境者,唯一稼轩,然亦若不欲以意境胜。白石之词,气体雅健耳。至于意境,则去北宋人远甚。及梦窗、玉田出,并不求诸气体,而惟文字之是务,于是词之道熄矣。自元讫明,益以不振。至于国朝,而纳兰侍卫以天赋之才,崛起于方兴之族。其所为词,悲凉顽艳,独有得于意境之深,可谓豪杰之士,奋乎百世之下者矣。同时朱、陈,既非劲敌;后世项、蒋,尤难鼎足。至乾、嘉以降,审乎体格韵律之间者愈微,而意味之溢于字句之表者愈浅。岂非拘泥文字,而不求诸意境之失欤？抑观我观物之事自有天在，固难期诸流俗欤？余与静安，均夙持此论。

静安之为词，真能以意境胜。夫古今人词之以意胜者，莫若欧阳公。以境胜者，莫若秦少游。至意境两浑，则惟太白、后主、正中数人足以当之。静安之词，大抵意深于欧，而境次于秦。至其合作，如《甲稿·浣溪沙》之“天末同云”〔一〕、《蝶恋花》之“昨夜梦中”〔二〕、《乙稿·蝶恋花》之“百尺朱楼”〔三〕等阕，皆意境两忘，物我一体。高蹈乎八荒之表，而抗心乎千秋之间。駸駸乎两汉之疆域，广于三代；贞观之政治，隆于武德矣。方之侍卫，岂徒伯仲！此固君所得于天者独深，抑岂非致力于意境之效也。至君词之体裁，亦与五代、北宋为近。然君词之所以为五代、北宋之词者，以其有意境在。若以其体裁故，而至遽指为五代、北宋，此又君之不任受。固当与梦窗、玉田之徒，专事摹拟者，同类而笑之也。光绪三十三年十月，山阴樊志厚叙。[按：此二序虽为观堂手笔，而命意实出自樊氏。观堂废稿中曾引樊氏之语，而樊氏所赏诸词，《观堂集林》亦不尽入选，可证也。]

〔一〕《浣溪沙》：“天末同云黯四垂，失行孤雁逆风飞。江湖寥落尔安归？　陌上金丸看落羽，闺中素手试调醯。

今宵欢宴胜平时。"

〔二〕《蝶恋花》："昨夜梦中多少恨。细马香车，两两行相近。对面似怜人瘦损，众中不惜搴帷问。　　陌上轻雷听隐辚。梦里难从，觉后那堪讯？蜡泪窗前堆一寸，人间只有相思分。"

〔三〕《蝶恋花》："百尺朱楼临大道。楼外轻雷，不问昏和晓。独倚阑干人窈窕，闲中数尽行人小。　　一霎车尘生树杪。陌上楼头，都向尘中老。薄晚西风吹雨到，明朝又是伤流潦。"

——以上录自《观堂外集》

二三

欧公《蝶恋花》"面旋落花"云云〔一〕，字字沉响，殊不可及。

〔一〕欧阳修《蝶恋花》："面旋落花风荡漾。柳重烟深，雪絮飞来往。雨后轻寒犹未放，春愁酒病成惆怅。　　枕畔屏山围碧浪。翠被华灯，夜夜空相向。寂寞起来褰绣幌，月明正在梨花上。"（据《欧阳文忠公近体乐府》卷二）

——以上陈乃乾录自观堂旧藏《六一词》眉间批语

二四

《片玉词》“良夜灯光簇如豆”〔一〕一首，乃改山谷《忆帝京》词〔二〕为之者，似屯田最下之作，非美成所宜有也〔三〕。

〔一〕周邦彦《青玉案》：“良夜灯光簇如豆。占好事，今宵有。酒罢歌阑人散后。琵琶轻放，语声低颤，灭烛来相就。　玉体偎人情何厚。轻惜轻怜转唧嗰。雨散云收眉儿皱。只愁彰露，那人知后，把我来僝僽。”（据《清真集·补遗》）

〔二〕黄庭坚《忆帝京》（私情）：“银烛生花如红豆。占好事，而今有。人醉曲屏深，借宝瑟轻招手。一阵白蘋风，故灭烛教相就。　花带雨冰肌香透。恨啼鸟辘轳声晓，岸柳微凉吹残酒。断肠时至今依旧。镜中消瘦。那人知后，怕夯你来僝僽。”（据《彊村丛书》本《山谷琴趣外编》卷之二）

〔三〕杨易霖《周词订律·补遗》上本词后注云：“王静安先生云：‘此词乃改山谷《忆帝京》词为之者，决非美成作。’案：《绿窗新话》引《古今词话》淮海《御街行》词与美成此词亦多相合，未知孰是。”似杨氏亦曾悉先生有此语，惟不知所见之处耳。［按：观堂《清真先生遗事》云：“伪词最多，强焕本所增，强半皆是。如《片玉词》上《青玉案》‘良夜灯光簇红豆’一阕，乃改山谷《忆帝京》词为之者，决非先生作。不独《送傅国华》、《寄李伯纪》二首，岁月不合也。”杨氏所云本此。]

——以上陈乃乾录自观堂旧藏《片玉词》眉间批语

二五

温飞卿《菩萨蛮》：“雨后却斜阳，杏花零落香。”〔一〕少游之“雨馀芳草斜阳。杏花零落（当作‘乱’）燕泥香。”〔二〕虽自此脱胎，而实有出蓝之妙。

〔一〕温庭筠《菩萨蛮》：“南园满地堆轻絮，愁闻一霎清明雨。雨后却斜阳，杏花零落香。　无言匀睡脸，枕上屏山掩。时节欲黄昏，无聊独闭门。”（据《金荃词》）［按：末句《花间集》作“无憀独倚门”，宜从。］

〔二〕秦观《画堂春》（或刻山谷年十六作）：“东风吹柳日初长。雨馀芳草斜阳。杏花零乱燕泥香。睡损红妆。　宝篆烟消龙凤，画屏云锁潇湘。夜寒微透薄罗裳。无限思量。”（宋本《淮海长短句》不载，据汲古阁刻本《淮海词》。）［按：《花庵词选》、《草堂诗馀》俱作“杏花零落燕泥香”，较毛本《淮海词》为可据，观堂所引非误也。又其他文字，亦多异同，亦较可据。］

二六

白石尚有骨，玉田则一乞人耳。

二七

美成词多作态，故不是大家气象。若同叔、永叔虽不作态，而一笑百媚生矣。此天才与人力之别也。

二八

周介存谓白石以诗法入词，门径浅狭，如孙过庭书，但便后人模仿。予谓近人所以崇拜玉田，亦由于此。

二九

予于词，五代喜李后主、冯正中而不喜《花间》。宋喜同叔、永叔、子瞻、少游而不喜美成。南宋只爱稼轩一人，而最恶梦窗、玉田。介存《词辨》所选词，颇多不当人意。而其论词则多独到之语。始知天下固有具眼人，非予一人之私见也。

——以上陈乃乾录自观堂旧藏《词辨》眉间批语

重印后记

王国维的《人间词话》，最初只有上卷，刊载在一九〇八年的《国粹学报》上，分三期登完。到了一九二六年，才有俞平伯先生标点、朴社出版的单行本。一九二七年，赵万里先生又辑录他的遗著未刊稿，刊载于《小说月报》上，题为《人间词话未刊稿及其他》。一九二八年罗振玉编印他的遗集，便一并收入。分为上、下两卷，以原来的为上卷，赵辑的为下卷：从这时候起，始有两卷本。一九三九年开明书店要重印这书，我就《遗集》中再辑集他有关论词的片段文字，作为补遗附后：这便是现在印行的本子。其中署名山阴樊志厚的《人间词》甲、乙稿两序，据赵万里先生所作年谱，实在是王国维自己的作品，所以也一并收入附录中。这本小册子出版后，陈乃乾先生又从王氏旧藏各家词集的眉头，抄录他手写的评语给我，我在一九四七年印第二版的时候再补附在最后。书中的注，一部分是周振甫先生所搜集的，一部分是我加的，全部都经过我的校订。这些注，目的是让读者阅读时得到一些便利，所以没有注者自己的意见。现在中华书局又要利用开明旧纸型重印了，因记本书经过如上。一九五四年十一月，徐调孚。

校订后记

《人间词话》，近人王国维撰，写于一九〇八年以前。兹以通行之中华书局排印有校注本为据，并根据王氏原意，重行编次。（一）以王氏手自删定，刊于《国粹学报》者（即通行本卷上）为《人间词话》。（二）以王氏所删弃者（即通行本卷下）为《人间词话删稿》。其中有五条此次据原稿录出，为以前所未发表。（三）以各家所录王氏论词之语而原非《人间词话》组成部分者（即通行本卷下末数条及通行本补遗）为附录。通行本校注仍附各条之下，略加必要之补充与说明（加“按”语以为别）。通行本误字，而原稿未误者，据原稿径行改正，不复作校注。王氏论词之语，未尽于此，俟后觅得续补。

校订者*

* 编者注：校订者即王国维次子王仲闻。

附　录

文学小言

（原载于一九〇六年十二月《教育世界》第一三九号）

一

昔司马迁推本汉武时学术之盛，以为利禄之途使然。余谓一切学问皆能以利禄劝，独哲学与文学不然。何则？科学之事业，皆直接间接以厚生利用为旨，故未有与政治及社会上之兴味相刺谬者也。至一新世界观与新人生观出，则往往与政治及社会上之兴味不能相容。若哲学家而以政治及社会之兴味为兴味，而不顾真理之如何，则又决非真正之哲学。此欧洲中世哲学之以辨护宗教为务者，所以蒙极大之污辱，而叔本华所以痛斥德意志大学之哲学者也。文学亦然，铺餟的文学，决非真正之文学也。

二

文学者，游戏的事业也。人之势力用于生存竞争而有馀，于是发而为游戏。婉娈之儿，有父母以衣食之，以卵翼之，无所谓争存之事也。其势力无所发泄，于是作种种之游戏。逮争存之事亟，而游戏之道息矣。唯精神上之势力独优，而又不必以生事为急者，然后终身得保其游戏之性质。而成人以后，又不能以小儿之游戏为满足，于是对其自己之感情及所观察之事物而摹写之，咏叹之，以发泄所储蓄之势力。故民族文化之发达，非达一定之程度，则不能有文学；而个人之汲汲于争存者，决无文学家之资格也。

三

人亦有言，名者利之宾也。故文绣的文学之不足为真文学也，与铺馁的文学同。古代文学之所以有不朽之价值者，岂不以无名之见者存乎？至文学之名起，于是有因之以为名者，而真正文学乃复托放不重于世之文体以自见。逮此体流行之后，则又为虚车矣。故模仿之文学，是文绣的文学与铺馁的文学之记号也。

四

文学中有二原质焉：曰景，曰情。前者以描写自然及人生之事实为主，后者则吾人对此种事实之精神的态度也。故前者客观的，后者主观的也；前者知识的，后者感情的也。自一方面言之，则必吾人之胸中洞然无物，而后其观物也深，而其体物也切；即客观的知识，实与主观的感情为反比例。自他方面言之，则激烈之感情，亦得为直观之对象、文学之材料；而观物与其描写之也，亦有无限之快乐伴之。要之，文学者，不外知识与感情交代之结果而已。苟无锐敏之知识与深邃之感情者，不足与于文学之事。此其所以但为天才游戏之事业，而不能以他道劝者也。

五

古今之成大事业大学问者，不可不历三种之阶级："昨夜西风凋碧树，独上高楼，望尽天涯路。"（晏同叔《蝶恋花》）此第一阶级也。"衣带渐宽终不悔，为伊消得人憔悴。"（欧阳永叔《蝶恋花》）此第二阶级也。"众里寻他千百度，回头蓦见，那人正在灯火阑珊处。"（辛幼安《青玉案》）此第三阶级也。未有不阅第一第二阶级，而能遽跻第三阶级者。文学亦然。此有文学上之天才者，所以又需莫大之修养也。

六

三代以下之诗人，无过于屈子、渊明、子美、子瞻者。此四子者苟无文学之天才，其人格亦自足千古。故无高尚伟大之人格，而有高尚伟大之文学者，殆未之有也。

七

天才者，或数十年而一出，或数百年而一出，而又须济之以学问，帅之以德性，始能产真正之大文学。此屈子、渊明、子美、子瞻等所以旷世而不一遇也。

八

“燕燕于飞，差池其羽”，“燕燕于飞，颉之颃之”，“睍睆黄鸟，载好其音”，“昔我往矣，杨柳依依”，诗人体物之妙，侔于造化，然皆出于离人、孽子、征夫之口，故知感情真者，其观物亦真。

九

“驾彼四牡，四牡项领。我瞻四方，蹙蹙靡所骋。”以《离骚》、《远游》数千言言之而不足者，独以十七字尽之，岂不诡哉！然以讥屈子之文胜，则亦非知言者也。

一〇

屈子感自己之感，言自己之言者也。宋玉、景差感屈子之所感，而言其所言；然亲见屈子之境遇与屈子之人格，故其所言亦殆与言自己之言无异。贾谊、刘向其遇略与屈子同，而才则逊矣。王叔师以下，但袭其貌而无真情以济之。此后人之所以不复为楚人之词者也。

一一

屈子之后，文学上之雄者，渊明其尤也。韦、柳之视渊明，其如贾、刘之视屈子乎！彼感他人之所感，而言他人之所言，宜其不如李、杜也。

一二

宋以后之能感自己之感，言自己之言者，其唯东坡乎！山谷可谓能言其言矣，未可谓能感所感也。遗山以下亦然。若国朝之新城，岂徒言一人之言已哉！所谓“莺偷百鸟声”者也。

一三

诗至唐中叶以后，殆为羔雁之具矣。故五季、北宋之诗（除一二大家外）无可观者，而词则独为其全盛时代。其诗词兼擅如永叔、少游者，皆诗不如词远甚。以其写之于诗者，不若写之于词者之真也。至南宋以后，词亦为羔雁之具，而词亦替矣。（除稼轩一人外。）观此足以知文学盛衰之故矣。

一四

上之所论，皆就抒情的文学言之。(《离骚》、诗词皆是。)至叙事的文学，(谓叙事传、史诗、戏曲等，非谓散文也。)则我国尚在幼稚之时代。元人杂剧，辞则美矣，然不知描写人格为何事。至国朝之《桃花扇》，则有人格矣，然他戏曲则殊不称是。要之，不过稍有系统之词，而并失词之性质者也，以东方古文学之国，而最高之文学无一足以与西欧匹者，此则后此文学家之责矣。

一五

抒情之诗，不待专门之诗人而后能之也。若夫叙事，则其所需之时日长，而其所取之材料富。非天才而又有暇日者不能。此诗家之数之所不可更仆数，而叙事文学家殆不能及百分之一也。

一六

《三国演义》无纯文学之资格，然其叙关壮缪之释曹操，则非大文学家不办。《水浒传》之写鲁智深，《桃花扇》之写柳敬亭、苏昆生，彼其所为固毫无意义，然以其不顾一己之利害，故犹使吾人生无限之兴味，发无限之尊敬，况于观壮缪之矫矫者乎？若此者，岂真如汗德所云，实践理性为宇宙人生之根本欤？抑与现在利己之世界相比较，而益使吾人兴无涯之感也？则选择戏曲小说之题目者，亦可以知所去取矣。

一七

吾人谓戏曲小说家为专门之诗人，非谓其以文学为职业也。以文学为职业，𫗦餟的文学也。职业的文学家，以文学得生活；专门之文学家，为文学而生活。今𫗦餟的文学之途，盖已开矣。吾宁闻征夫思妇之声，而不屑使此等文学嚣然污吾耳也。

重印人间词话序

作文艺批评，一在能体会，二在能超脱。必须身居局中，局中人知甘苦；又须身处局外，局外人有公论。此书论诗人之素养，以为：“入乎其内，故能写之；出乎其外，故能观之。”吾于论文艺批评亦云然。

自来诗话虽多，能兼此二妙者寥寥；此重刊《人间词话》之意义也。虽只薄薄的三十页，而此中所蓄几全是深辨甘苦惬心贵当之言，固非胸罗万卷者不能道。读者宜深加玩味，不以少而忽之。

其实书中所暗示的端绪，如引而申之，正可成一庞然巨帙，特其耐人寻味之力或顿减耳。明珠翠羽，俯拾即是，莫非瑰宝；装成七宝楼台，反添蛇足矣。此日记短札各体之所以为人爱重，不因世间曾有 masterpieces，而遂销声匿迹也。

作者论词标举“境界”，更辨词境有隔不隔之别；而谓南宋逊于北宋，可与颉颃者惟辛幼安一人耳……凡此等评衡论断之处，俱持平入妙，铢两悉称，良无间然。颇思得暇引申其义，却恐“佛头着粪”，遂终于不为；而缀此短序以介绍于读者。

一九二六，二，四，平伯记

人间詞話

海甯王國維

詩蒹葭一篇最得風人深致晏同叔之昨夜西風凋碧樹獨上高樓望盡天涯路意頗近之但一洒落一悲壯耳

古今之成大事業大學問者罔不經過三種之境界昨夜西風凋碧樹獨上高樓望盡天涯路此第一境界也衣帶漸寬終不悔為伊消得人憔悴此第二境界也衆裏尋他千百度回頭驀見那人正在燈火闌珊處[辛幼安]此第三境界也此等語皆非大詞人不能道然遽以此意解諸詞恐為晏歐諸公所不許也

太白純以氣象勝西風殘照漢家陵闕寥寥八字獨有千古後世惟范文正之漁家傲夏英公之喜遷鶯差堪繼武然氣

蔑已遠不逮矣

張臯文謂飛卿之詞深美閎約余謂此四字唯馮正中足以當之劉融齋謂飛卿精艷絕人差近之耳

南唐中主詞菡萏香銷翠葉殘西風愁起綠波間大有衆芳蕪穢美人遲暮之感乃古今獨賞其細雨夢回雞塞遠小樓吹徹玉笙寒故知解人正不易得

馮正中詞雖不失五代風格而堂廡特大開北宋一代風氣中後二主皆未逮其精詣花間於南唐人詞中雖錄張泌作而獨不登正中隻字豈當時文采為功名所掩耶

大家之作其言情也必沁人心脾其寫景也必豁人耳目其辭脫口而出無

沈伯時樂府指迷云：說桃不可直說破桃，須用紅雨劉郎等字；說柳不可直說破柳，須用章臺灞岸等字。若惟恐人不用替代字者。果以是為工，則古今類書具在，又安用詞為耶？宜其為提要所譏也。

鷦鷯裝束之態，以其所見者真，所知者深也。持此以衡古今之作者，百不失一。此余所以不免有北宋後無詞之嘆也。

美成詞深遠之致不及歐秦，唯言情體物窮極工巧，故不失為第一流之作者，但恨創調之才多，創意之才少耳。

詞最忌用替代字。美成解語花之「桂華流瓦」，境界極妙，惜以「桂華」二字代月耳。夢窗以下則用代字更多。其所以然者，非意不足則語不妙也。蓋意足則不暇代，語妙則不必代。此少游之「小樓連苑」「繡轂雕鞍」所以為東坡所譏也。

南宋詞人白石有格而無情，劍南有氣而乏韻，其堪與北宋人頡頏者，唯一幼安耳。近人祖南宋而祧北宋，以南宋之詞

6

可學北宋不可學也學南宋者不祖白石則祖夢窗以白石夢窗可學幼安不可學也學幼安者率祖其粗獷滑稽以其粗獷滑稽處可學佳處不可學也同時白石龍洲學幼安之作且如此況他人乎其實幼安詞之佳者如摸魚兒賀新郎送茂嘉青玉案元夕祝英臺近等俊偉幽咽固獨有千古其他豪放之處亦有橫素波干青雲之概寧夢窗輩齷齪小生所可語耶白石夢窗寧能道其隻字耶

周介存謂夢窗詞之佳者如水光雲影搖蕩綠波撫玩無極追尋已遠余覽夢窗甲乙丙丁稿中實無足當此者有之其唯隔江人在雨聲中晚風菰葉生秋怨二語乎

白石之詞余所最愛者亦僅二語曰淮南皓月冷千山冥冥歸

去無人管

夢窗之詞吾得取其詞中之一語以評之曰映夢窗凌亂碧玉

田之詞亦得取其詞中之一語以評之曰玉老田荒

双声疊均之論盛于六朝唐人猶多用之至宋以後則漸不講并
不知二者為何物乾嘉間吾鄉周松靄先生春著杜詩双聲疊
韻譜括略正千餘年之誤可謂有功文苑者矣其言曰兩字同母
謂之双声兩字同均謂之疊均余按用今日各國文法通用之語表
之則兩字同一子音者謂之双声（如南史羊元保傳之官家恨狭
更廣八分官家更廣四字皆從K得声洛陽伽藍記之獰奴慢罵
獰奴二字皆從N得声慢罵二字皆從M得声是也）兩字同一母

光緒　年　月　日　三

音者謂之疊均（如梁武帝後牖有朽柳，後牖有三字双声而兼疊均，有朽柳三字其母音皆為U。劉孝綽之梁皇長康強，五（梁長強三）字其母音皆為ian也）。自李淑詩苑偽造沈約之說，以双声疊均為詩中八病之二，後世詩家多廢而不講，亦不復用之于詞。余謂苟于詞之蕩漾處多用疊均，促節處用双声，則其鏗鏘可誦，必有過于前人者。惜世之專講音律者尚未悟此也。

昔人但知双声之不拘四聲，不知疊均亦不拘平上去三声。凡字之同母音者，雖平仄有殊，皆疊均也。

二

詩至唐中葉以後，殆為羔雁之具矣。故五代北宋之詩無復佳者，而詞則為其極盛時代。即詩詞兼擅如永叔少遊者，亦詞

勝于詩遠甚以其寫〻於詩者不若寫之於詞者〻真也至南宋以後詞亦為羔雁之具而詞亦替矣此亦文學升降之一關鍵也

馮正中詞除鵲踏枝菩薩蠻十數闋最煊赫外如醉花間之高樹鵲銜巢斜月明寒草余謂韋蘇州之流螢度高閣孟襄陽之疎雨滴梧桐不能過也

歐九浣溪沙詞綠楊樓外出秋千晁補之謂只一出字便後人所不能道余謂此本于正中上行杯詞柳外秋千出畫牆但歐語尤工耳

美成青玉案詞葉上初陽乾宿雨水面清圓一一風荷舉此真能得荷之神理者覺白石念奴嬌惜紅衣二詞猶有隔霧看花之恨

光緒 年 月 日 四

曾純甫中秋應制作壺中天慢詞自注云是夜西興亦聞天樂謂宮中樂声聞于隔岸也毛子晋謂天神亦不以人廢言近時馮夢華復辨其誣不解天樂二字文義殊笑人也

古今詞人格調之高無如白石惜不於意境上用力故覺無言外之味絃外之響終落第二手其志清峻則有之其旨遠深則未也

梅溪夢窗玉田草窗西麓諸家詞雖不同然同失之膚淺雖時代使然亦其才分有限也近人弃周鼎而寶康瓠實難索解

余填詞不喜作長調尤不喜用人韻偶尔游戲作水龍吟詠楊花用質夫東坡倡和均作齊天樂詠蟋蟀用白石均皆有与晋代興

興之意然余之所長殊不在是世之君子寧以他詞稱我

余友沈昕伯紘自巴黎寄余蝶戀花一闋云簾外東風隨燕到春色東來循我來時道一霎圍場生綠草歸遲卻怨春來早錦繡一城春水繞庭院笙歌行樂多年少著意來開孤客抱不知名字閒花鳥此詞當在晏氏父子間南宋人不能道也

樊抗父謂余詞如浣溪沙之天末同雲蝶戀花之昨夜夢中百尺朱樓春到臨春等闋鑿空而道開詞家未有之境余自謂才不若古人但於力爭第一義處古人亦不如我用意耳

東坡楊花詞和均而似元唱質夫詞元唱而似和均才之不可強也如是

光緒　年　月　日　五

十二

十五

叔本華曰抒情詩少年之作也叙事詩及戲曲壯年之作也
余謂抒情詩國民幼稚時代之作也叙事詩國民盛壯時代之作也故
曲則古不如今（元曲誠多天籟然其思想之陋劣布置之粗笨
千篇一律令人噴飯至本朝之桃花扇長生殿諸傳奇則進矣）
詞則今不如古蓋一則以布局為主一則須佇興而成故也
北宋名家以方回為最次讀其詞如歷下新城之詩非不華贍
惜少真味至宋末諸家僅可譬之腐爛製藝乃諸家之享
重名者且數百年始知世之幸人不獨曹蜍李志也
駢文難學而易工散文易學而難工近體詩易學而難工古體詩
難學而易工小令易學而難工長調難學而易工

一

詞以境界為最上有境界則不期工而自工五代北宋之詞所以獨絕者在此

[自成高格自有名句]

三

有造境有寫境此理想與寫實二派之所由分然二者頗難區別因大詩人所造之境必合乎自然所寫之境必鄰於理想故也

○

有有我之境有無我之境「淚眼問花花不語亂紅飛過秋千去」「可堪孤館閉春寒杜鵑聲裏斜陽暮」有我之境也「采菊東籬下悠然見南山」「寒波澹澹起白鳥悠悠下」無我之境也有我之境以我觀物故物皆著我之色彩無我之境不知何者為我何者為物[此即主觀詩與客觀詩之所由分也]

[古人為詞寫有我之境者為多然未始不能寫無我之境此在豪傑之士能自樹立耳]

古詩云誰能思不歌誰能飢不得食詩詞者物之不得其平而鳴者

光緒　年　月　日　六　養正書塾創…

七〇　五〇　六〇

也故歡愉之辭難工愁苦之言易巧

境非獨謂景物也感情亦人心中之一境界也故能寫真景物真感情者謂之有境界否則謂之無境界

無我之境人惟於靜中得之有我之境於由動之靜時得之故一優美一宏壯也

自然中之物互相關係互相限制故不能有完全之美然寫之於文學中也必遺其關係限制之處故雖寫實家亦理想家也又雖如何虛構之境其材料必求之于自然而其構造亦必從自然之法則故雖理想家亦寫實家也

社會上之習慣殺許多之善人文學上之習慣殺許多之天才

六

诗之三百篇十九首，词之五代北宋，皆无题也。非无题也，诗词中之意不能以题尽之也。自花庵草堂每调立题，并古人无题之词亦为之作题，如观一幅佳山水而即曰此某山某河，可笑孰甚。

而诗词之题目本为自然及人生，自古人误用为美刺投赠题目，既误诗而自不能佳，后人见古名大家亦有此等作，遂遗其独到之处，而专学此种，不复知诗之本意。于是豪杰之士出，不得不变其体格。如楚辞、汉之五言诗、唐五代北宋之词，皆是也。故此等文学皆无题。诗有题而诗亡，词有题而词亡。然中材之士鲜能知此而自振拔者矣。

冯梦华宋六十一家词选序谓：淮海、小山，真古之伤心人也，其淡语皆有味，浅语皆有致。余谓此唯淮海足以当之，小山矜贵有余，但稍胜方回耳。古人以秦七黄九或小晏秦郎并称，不图老子乃与韩非同传。

光绪　年　月　日　七　[illegible]书塾[illegible]

十七

十

人能于詩詞中不爲美刺投贈懷古詠史之篇不使隸事之句不用裝飾之字則於此道已過半矣

以長恨歌之壯采而所隸之事只小玉雙成四字才有餘也梅村歌行則非隸事不辦白吳優劣即于此見此不獨作詩爲然填詞家亦不可不知也

詞之爲體要眇宜修能言詩之所不能言而不能盡言詩之所能言詩之境闊詞之言長

明月照積雪大江流日夜澄江淨如練山氣日夕佳落日照大旗中天懸明月天漢孤烟直黃河落日圓此等境界可謂千古壯語求之於詞則納蘭容若塞上之作如長相思之夜深千帳燈

二八

如夢令之萬帳穹廬人醉星影搖搖欲墜差近之

言氣質言神韻不如言境界有境界本也氣質格律

神韻末也有境界而三者自隨之矣

八

紅杏枝頭春意鬧著一鬧字而境界全出雲破月來花弄影著

一弄字而境界全出矣

十

西風吹渭水落日滿長安美成以之入詞白仁甫以之入曲此借古人

之境界為我之境界者也然非自有境界古人亦不為我用

九

境界有大小然不以是而分高下寶簾閑掛小銀鉤細雨魚兒出微風

燕子斜何遽不若落日照大旗馬鳴風蕭蕭寶簾閑掛小銀鉤

何遽不若霧失樓臺月迷津渡也

光緒　年　月　日

八

昔人論詩詞，有景語、情語之別。不知一切景語，皆情語也。

豈不爾思，室是遠而。孔子譏之。故知孔門而用詞，則牛嶠之「甘作一生拚，盡君今日歡」等作，必不在刪詩之數。

詞家多以景寓情。其專作情語而絕妙者，如牛嶠之「甘作一生拚，盡君今日歡」，顧夐之「換我心為你心，始知相憶深」，歐陽修之「衣帶漸寬終不悔，為伊消得人憔悴」，美成之「許多煩惱，只為當時，一晌留情」，此等詞古今曾不多見。余《乙稿》中頗於此方面有開拓之功。

梅舜俞《蘇幕遮》詞：「落盡梨花春事了，滿地斜陽，翠色和煙老。」劉氏謂少游一生似專學此種。余謂馮正中《玉樓春》詞：「芳菲次第長相續，自是情多無處足。尊前百計得春歸，莫為傷春眉黛促。」永叔一生似專學此種。

六〇

人知和靖點絳脣、舜俞蘇幕遮、永叔少年遊三闋爲詠春草絶調，不知先有正中「細雨濕流光」五字，皆能攝春草之魂者也。

詩中體製以五言古及五七言絶句爲最尊，七古次之，五七律又次之，五言排律最下。蓋此體於寄興言情兩無所當，殆與駢體文等耳。詞中小令如五言古及絶句，長調似五七言律，若長調之百字令、沁園春等，則近于五排矣。

長調自以周、柳、蘇、辛爲最工。美成浪淘沙慢二詞，精壯頓挫，已開北曲之先聲。若屯田之八聲甘州，東坡之水調歌頭，則佇興之作，格高千古，不能以常調論也。

稼軒賀新郎詞送茂嘉十二弟，章法絶妙，且語語有境界，此能品而幾於神者。然非有意爲之，故後人不能學也。

光緒　年　月　日　九

與韓玉東浦詞賀新郎以玉曲叶注女卜算子以夜謝叶食月

G

畫屏金鷓鴣飛卿語也其詞品似之弦上黃鶯語端己語也其詞品亦似之若正中詞品欲於其詞中求之則和淚試嚴妝殆近之歟

暮雨瀟瀟郎不歸當是古詞未必即白傅所作故白詩云吳娘暮雨瀟瀟曲自別蘇州更不聞也

稼軒賀新郎詞柳暗淩波路送春歸猛風暴雨一番新綠作上去用又定風波詞從此酒酣明月夜耳熱綠熱二字皆

已北曲四聲通押之祖

稼軒中秋飲酒達旦用天問體作送月詞調寄木蘭花慢云可憐今夕月向何處去悠悠是別

有人間那邊才見光景東頭詩人想像直悟月輪遶地之理與科學家

暗合吞合可謂神悟

此詞毛刻汲古閣六十一家詞失載黃蕘圃所藏元大德本亦闕

後屬顧澗薲就汲古閣抄本中補之今歸聊城楊氏海源閣王半塘四印齋殊不可解

所刻者是也但汲古抄本與刻本亦不符疑或子晉于刻詞時據抄本耳

譚復堂篋中詞選謂蔣鹿潭水雲樓詞與成容若項蓮生二百年間分鼎三足。然水雲樓詞小令頗有境界，長調惟存氣格。憶雲詞精實有餘，超逸不足，皆不足與容若比。然視皋文止菴輩，則倜乎遠矣。

昭明太子稱陶淵明詩跌宕昭彰，獨超衆類，抑揚爽朗，莫之與京。王無功稱薛收賦韻趣高奇，詞義晦遠，嵯峨蕭瑟，真不可言。詞中惜少此二種氣象，前者唯東坡，後者唯白石，略得一二耳。

詞之雅鄭，在神不在貌。永叔、少游雖作艷語，終有品格。方之美成，便有貴婦人與倡伎之別。

賀黃公裳皺水軒詞筌云：張玉田樂府指迷，其調叶宮商，鋪張藻繪，抑亦可矣。至於風流蘊藉之事，真屬茫茫。如啖官廚飯者，不知牲牢之

光緒　年　月　日

十

□□書塾劄記簿

外别无甘鲜也。

周保绪济《词辨》云：“玉田近人所最尊奉，才情诣力亦不后诸人，终觉积谷作米，把缆放船，无开阔手段。”又云：“叔夏所以不及前人处，只在字句上著工夫，不肯换意。”近人喜学玉田，亦为修饰字句易，换意难欤。

词家时代之说，盛于国初。竹垞谓：词至北宋而大，至南宋而深。后此词人，群奉其说。然其中亦非无具眼者。周保绪曰：“南宋则下不犯北宋拙率之病，高不到北宋浑涵之诣。”又曰：“北宋词多就景叙情，故珠圆玉润，四照玲珑。至稼轩、白石，一变而为即事叙景，使深者反浅，曲者反直。”潘四农德舆曰：“词滥觞于唐，畅于五代，而意格之闳深曲挚，则莫盛于北宋。词之有北宋，犹诗之有盛唐。至南宋则稍衰矣。”刘融

齋與載曰北宋詞用密亦疏用隱亦亮用沈亦快用細亦闊用精亦渾南宋只是掉轉過來可知此事自有公論雖止庵詞頗淺薄[illegible]其後潘劉尤甚然其北宋則與明季雲間諸公同一卓識也

唐五代北宋詞之生香真色若雲間諸公之詞則綵花耳湘真且然況其次焉者乎

衍波詞之佳者頗似賀方回雖不及容若要在錫鬯其年之上

近人之詞如復堂詞之深婉彊邨詞之隱秀皆在吾家半塘翁上彊邨學夢窗而情味較夢窗反勝蓋兼眉山臨川廬陵之高華而濟以白石之疏越者學人之詞斯為極則

稱[illegible]郭[illegible]集然古人自然神妙處尚未夢見

譚復堂詞蝶戀花連理枝頭儂與汝千花百草從渠許可謂寄興深

宋而不雜惹花新樣着衣譚評御痛尋著自春詞著

光緒　年　月　日

二十一

60 80

微

半唐丁稿和馮正中鵲踏枝十闋乃鶩翁詞之最精者如望遠愁多休縱目等闋鬱伊惝怳令人不能為懷定稿只存六闋殊為未允也

固哉皋文之為詞也飛卿菩薩蠻永叔蝶戀花子瞻卜算子皆興到之作有何命意皆被皋文深文羅織阮亭花草蒙拾謂坡公命宮磨蝎生前為王珪舒亶輩所苦身後又硬受此差排由今觀之受差排者獨一坡公已耶

周介存謂梅溪詞中喜用偷字足以定其品格劉融齋謂周旨蕩而史意貪此二語令人解頤

賀黃公謂姜論史詞不稱其軟語商量而稱其柳昏花暝固知

不如免項羽學兵法之恨。然其境界自以〔……〕為勝。吾從白石不能黃

詠物之詞，自以東坡楊花為最工，邦卿雙雙燕次之。白石暗香、疏影

格調雖高，然無片語道著，視古人"江邊一樹垂垂發"等句何如耶

君復梅、舜俞春草諸詞之抑何如耶

白石寫景之作，如"二十四橋仍在，波心蕩、冷月無聲"，"數峰清苦，商

略黃昏雨"，"高樹晚蟬，說西風消息"，雖格韻高絕，然如霧裏看花，終隔

一層。梅溪、夢窗諸家寫景之病，皆在一"隔"字。北宋風流，渡江遂絕。

抑真有風會存乎其間耶

問"隔"與"不隔"之別，曰：淵明之詩不隔，韋、柳則稍隔矣；東坡之詩不隔，山谷則

光緒　年　月　日　十二　養正書塾劄記簿

以一人一詞論，如白石詠蟋蟀「露濕銅鋪，苔侵石井，都是曾聽伊處」便不隔

稍隔矣。「池塘生春草」、「空梁落燕泥」等句，妙處唯在不隔。詞亦如是。即以一人一詞論，如歐陽公《少年遊》詠春草上半闋曰：「闌干十二獨憑春，晴碧遠連雲。二月三月，千里萬里，行色苦愁人。」語語都在目前，便是不隔。至云「謝家池上，江淹浦畔」，則隔矣。白石《翠樓吟》：「此地宜有詞仙，擁素雲黃鶴，與君遊戲。玉梯凝望久，嘆芳草萋萋千里。」便是不隔。至「酒祓清愁，花消英氣」，則隔矣。然南宋詞雖不隔處，比之前人，自有深淺厚薄之別。

少游詞境最為淒婉。至「可堪孤館閉春寒，杜鵑聲裏斜陽暮」，則變而淒厲矣。東坡賞其後二語，猶為皮相。

嚴滄浪《詩話》曰：「盛唐諸公，唯在興趣，羚羊掛角，無跡可求。故其妙處

透徹玲瓏不可湊泊如空中之音相中之色水中之影鏡中之象言有盡
而意無窮余謂北宋以前之詞亦復如是然滄浪所謂興趣阮亭所謂神
韻猶不過道其面目不如境界二字為探其本也

生年不滿百常懷千歲憂晝短苦夜長何不秉燭遊服食求神仙
多為藥所誤不如飲美酒被服紈與素寫情如此方為不隔采菊東
籬下悠然見南山山氣日夕佳飛鳥相與還此中有真意欲辨已忘言
寫景如此方為不隔

天似穹廬籠蓋四野天蒼蒼野茫茫風吹草低見牛羊

池塘春草謝家春萬古千秋五字新傳語閑門陳正字可憐無
補費精神此遺山論詩絕句也夢窗玉田輩當不樂聞此語

白仁甫秋夜梧桐雨劇沉雄悲壯為元曲冠冕然所作天籟詞

乾隆诸须实但须稼轩之貌而神理[illegible]故

国朝步武稼轩，借得形似，其[illegible]也。玉田余谓[illegible]等耳

曲家不能为词，犹词家不能为诗，读永叔、少游诗可悟。

朱子《清邃阁论诗》谓："古人诗中有句，今人诗更无句，只是一直说将去。这般一日作百首也得。"余谓北宋词有句，南宋以后便无句。如玉田、草窗诸词，所谓"一日作百首也得"者也。

朱子谓："梅圣俞诗，不是平淡，乃是枯槁。"余谓草窗、玉田之词亦然。

"自怜诗酒瘦，难应接、许多春色。""能几番游，看花又是明年。"此等语亦算警句耶？乃值如许费力。

明初刘诚意词风骨甚高，亦有境界，远在宋吾诸公之上，亦非季迪、孟载诸人所敢望也。

星按 王明清《挥麈录》载曾布所作冯燕歌，已成套数，与词之体殊矣。

秋逗长命女词：天欲晓，宫漏穿花声缭绕，窗里星光少。冷霞寒侵帐额，残月光沉树杪。梦断锦闱空悄悄，强起愁眉小。此词前半不减夏英公《喜迁莺》也。此词见《乐府雅词》，《历代诗馀》选之。

宋李希声《诗话》曰：唐人作诗，正以风调高古为主，虽意远语疏，皆为佳作。后人有切近的当、气格凡下者，终使人可憎。余谓北宋词亦不妨疏远。若梅溪以降，正所谓切近的当、气格凡下者也。

西河《词话》谓赵德麟令畤作商调蝶恋花十二首，咏会真记事，为北曲之祖。今乐府雅词载秦少游、晁补之、郑彦能（名仅）调笑转踏，首有致语，末有放队，每调之前有口号诗，甚似曲本体例。无名氏九张机亦然。至董颖《薄媚》咏西子事，凡十遍，则竟是套曲

光绪　年　月　日

十四

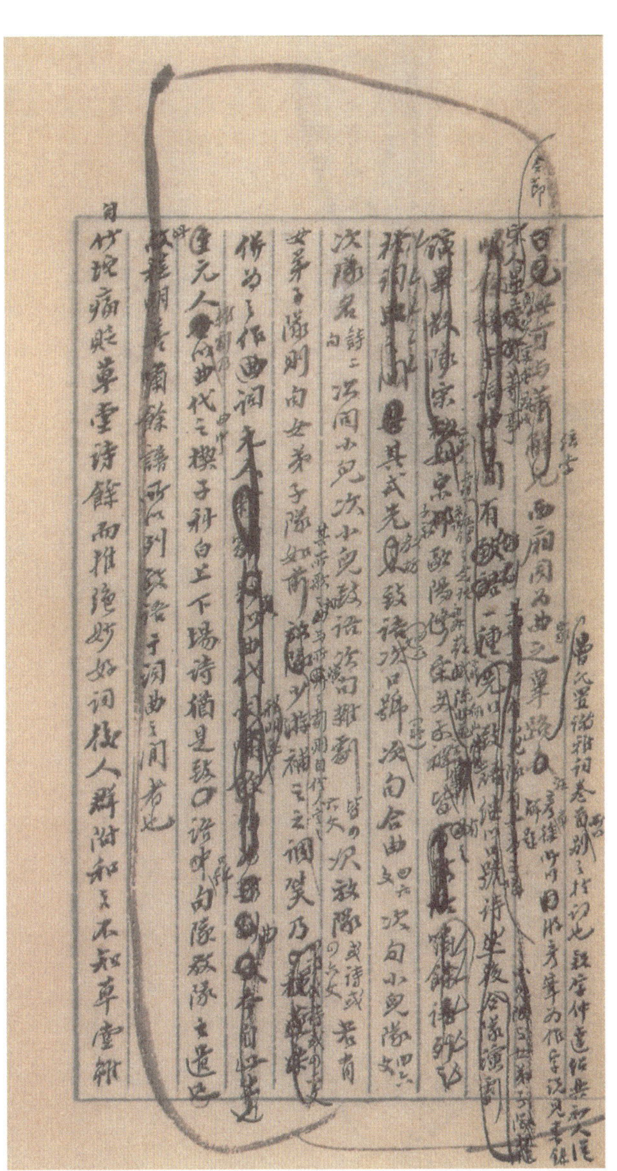

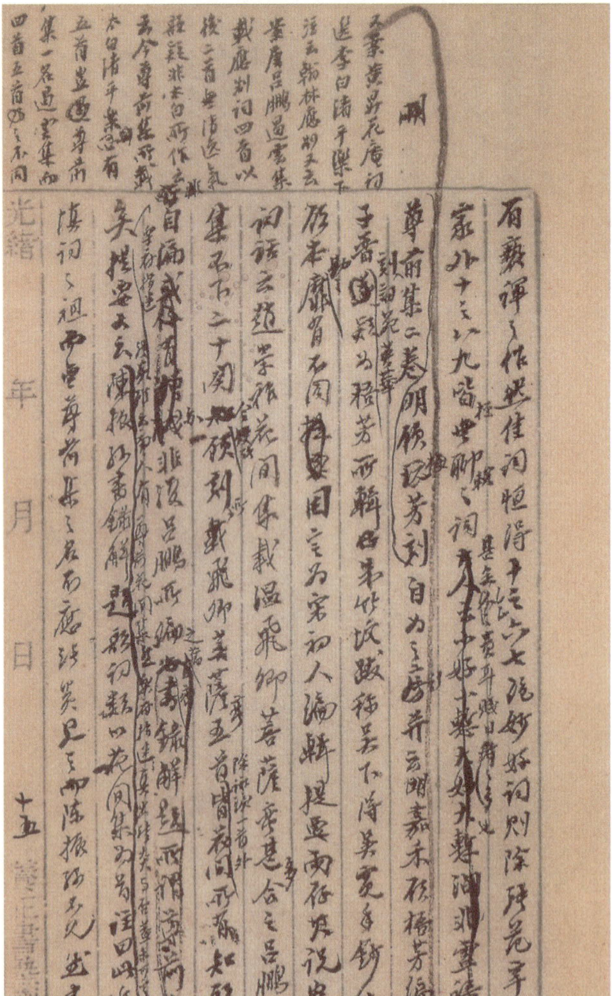

又黄昇花庵词选李白清平乐下注云：翰林应制。又云：案唐吕鹏遏云集载应制词四首，以后二首无清逸气韵，疑非太白所作云云。今尊前集所载太白清平乐只有五首，盖遏尊前集一卷遏云集而四首五首之不同

有亵诨之作，然佳词恒得十之六七。绝妙好词则除张范辛刘诸家外，十之八九皆极无聊赖之词。古人云：小好小惭，大好大惭，洵非虚语。

尊前集二卷，明顾梧芳刻，自为之序，并云明嘉禾顾梧芳编次。毛子晋疑为梧芳所辑。朱竹垞跋称吴下得吴宽手钞本，取顾本勘之，靡有不同，因定为宋初人编辑。提要两存其说。案古今词话云：赵崇祚辑花间集，载温飞卿菩萨蛮甚多，合之吕鹏尊前集不下二十阕。今顾刻所载飞卿菩萨蛮五首，皆花间所有，知顾刻自编，或非复吕鹏所编之书。录解题所谓尊前花间者矣。提要又云：陈振孙书录解题以花间集为首，注曰此近世倚声填词之祖，而无尊前集之名，不应……见之而陈振孙不见。然书录解

光绪　年　月　日　十五

乃尊庵所見之本略異歟又歐陽炯花間集序謂明皇朝有李太白應制清平樂四首，箕末一首乃播芳所羼入非呂鵬之舊歟

東升庵詞品云林外字岩麼有洞仙歌書于垂虹亭畔作道裝不言姓名人謂爲仙雨去人疑爲呂洞賓詩入宮中孝宗

題陽春錄條下引高郵崔公度跋曰尊前花間往往謬其姓氏則本[illegible]

（公度公於同人，宋史有傳，此宋世舊本[illegible]）

未見所著錄知十而遺真齋主耶

提要詞話六卷（載古今）國朝沈雄纂雄字偶僧吳江人是編所述上起于唐下迄康熙中年[illegible]見明嘉靖前[illegible]本箋注草堂詩餘曰林外洞仙歌下引古今詞話云此詞乃近時林外題于吳江垂虹亭（明刻本草堂詩餘作林外）林外何時人耶不可考矣古今詞話則明時固有此書[illegible]此書而復以國朝日事歟[illegible]又季滄葦書目載古今詞話十卷而沈雄所纂只六卷盖非一書矣[illegible]詩詞話[illegible]古今詞話[illegible]萬曆年而近世益知唐代詩餘[illegible]詩話與箋注草堂詩餘所引洪非沈雄之書矣

陸放翁跋花間集謂唐季五代詩愈卑而倚聲者輒簡古可

笑曰云屋洞天无锁，锁与老叶韵，则锁音扫，乃闽音也。余问之，果闽人林外也。刻《齐东野语》所载，亦易曰

安能以此求之哉？故未可以理推也。《提要》载：谓能举七十斤者，举百斤则蹶，举五十斤则运掉自如。其言甚辨。然谓词必易于诗，余未敢信。善乎陈卧子之言曰：宋人不知诗而强作诗，故终宋之世无诗。然其欢愉愁苦之致，动于中而不能抑者，类发于诗余，故其所造独工。唐季五代之词所以独胜，亦以此也。

君王枉把平陈业，换得雷塘数亩田。政治家之言也。长陵亦是闲邱陇，异日谁知与仲多。诗人之言也。政治家之眼，域于一人一事；诗人之眼，则通古今而观之。词人观物，须用诗人之眼，不可用政治家之眼。故感事、怀古等作，当与寿词同为词家所禁也。

宋人小说多不足信。如《雪舟脞语》谓台州知府唐仲友眷官妓严蕊奴，朱子系

光绪　年　月　日

淡淡及晦庵移去提刑岳霖行部至台蕊乞自便岳問曰去將安歸蕊賦卜算子詞云住也如何住之句案此詞係仲友戚高宣教作使蕊歌以侑觴者見朱子糾唐仲友奏牘則齊東野語所紀朱唐公案恐亦未可信也

唐五代之詞有句而無篇南宋名家之詞有篇而無句有篇有句唯李後主降宋後之作及永叔子瞻少游美成稼軒數人而已

唐五代北宋之詞家倡優也南宋後之詞家俗子也二者其失相等然詞人之詞寧失之倡優不失之俗子以俗子之可厭較倡優為甚故也

讀東坡稼軒詞須觀其雅量高致有伯夷柳下惠之風白石雖似蟬蛻塵

埃然如韋柳之視陶公，非徒有上下牀之別。

夢窗、玉田、西麓、草窗之詞，詞中之鄉愿也。東坡、稼軒，詞中之狂；白石，詞中之狷也。

「衣帶漸寬終不悔，為伊消得人憔悴。」（蝶戀花衣褪[illegible]一闋）此詞見《六一詞》，亦見《樂章集》。余謂屯田輕薄子，只能道「奶奶蘭心蕙性」耳。此等語固非歐公不能道也。

讀《會真記》者，惡張生之薄倖，而恕其姦非；讀《水滸傳》者，恕宋江之橫暴，而責其深險。此人人之所同也。故艷詞可作，唯萬不可作儇薄語。龔定庵詩云：「偶賦淩雲偶倦飛，偶然閒慕遂初衣。偶逢錦瑟佳人問，便說尋春為汝歸。」其人之涼薄無行，躍然紙墨間。余輩讀耆卿、伯可詞，亦有此感。視永叔、希文小詞何如耶？

詞人之忠實，不獨對人事宜然，即對一草一木，亦須有忠實之意，否則所謂游詞也。

温飞卿之词句秀也韦端己之词骨秀也李重光之词神秀也

词至李后主而眼界始大感慨遂深遂变伶工之词而为士大夫之词

周介存置诸温韦之下可谓颠倒黑白矣自是人生长恨水长东

流水落花春去也天上人间金荃浣花能有此种气象耶

词人者不失其赤子之心者也

生于深宫之中长于妇人之手是后主为人君所短处亦即为词人

所长处故后主之词天真之词也

客观之诗人不可不多阅世阅世愈深则材料愈丰富愈变化水浒

红楼梦之作者是也主观之诗人不必多阅世阅世愈浅则性情愈

真李后主是也

尼采谓一切文学余爱以血书者后主之词真所谓以血书者也宋道君

皇帝燕山亭词亦略似之。然道君不过自道身世之戚，后主则俨有

释迦、基督担荷人类罪恶之意，其大小固不同矣。

楚辞之体非屈子之所创也。沧浪、凤兮之歌已与三百篇异，然至屈子而最工。五七律始于

齐梁而盛于唐，词源于唐而大成于北宋，故最工之文学，非徒善创，

亦且善因。

风雨如晦，鸡鸣不已；山峻高以蔽日兮，下幽晦以多雨。霰雪纷其无垠

兮，云霏霏而承宇；树树皆秋色，山山尽落晖；可堪孤馆闭春寒，杜鹃

声里斜阳暮，气象皆相似。

沧浪、凤兮二歌已开楚辞体格。然楚辞之最工者推屈原、宋玉，而后此之王褒、刘向

之词不与焉。五古之最工者实推阮嗣宗、左太冲、郭景纯、陶渊明，而前此曹刘

後此陳子昂李太白不與焉詞之最工者實推後主正中永叔少游美成

而前此溫韋後此姜吳皆不與焉

讀花間尊前集令人回想（徐陵）玉臺新詠讀草堂詩餘令人回想袁才子

（朱竹垞）詞綜讀張皋文董晉卿詞選令人回想沈德潛三朝詩別裁集

明季國初諸老之論詞大似袁簡齋之論詩其失也纖小而輕薄竹垞以降

之論詞者大似沈歸愚其失也枯槁而庸陋

東坡之詞曠稼軒之詞豪（無二人之胸襟而學其詞猶東施之效）捧心也

東坡之曠在神白石之曠在貌白石如王衍口不言阿堵物而暗中為

營三窟之計此其所以可鄙也

（永叔）人間自是有情癡此恨不關風與月直須看盡洛城花始與東風容

易別於豪放之中有沈着之致所以尤高

詞人對宇宙人生須入乎其內又須出乎其外入乎其內故能寫之出乎其外故能觀之入乎其內故有生氣出乎其外故有高致美成能入而不出白石以降於此二事皆未夢見

我瞻四方蹙蹙靡所騁詩人之憂生也昨夜西風凋碧樹獨上高樓望盡天涯路似之終日馳車走不見所問津詩人之憂世也百草千花寒食路香車繫在誰家樹似之

紛吾既有此內美兮又重之以修能文學之事於此二者不可缺一然詞乃抒情之作故尤重內美無內美而但有修能則白石耳

詩人必有輕視外物之意故能以奴僕命風月清風明月役之如奴僕又必有重視外物之

光緒　年　月　日　九　[illegible]

意故能与花鸟同忧乐

诗人对视一切外物皆游戏之材料也然其游戏则以热心为之故诙

谐与严重二性质亦不可缺一也

金朗甫作词选后序分词为淫词鄙词游词三种词之弊尽是矣

[illegible]词其失也淫辛刘之词其失也鄙姜张之词其失也游

五代北宋之大家非无淫词然读之者但觉其真挚动人非无鄙

词然但觉其精力弥满可知淫词与鄙词之病非淫与鄙之病而

游之为病也岂不尔思室是远而子曰未之思也夫何远之有恶其游也

纳兰容若以自然之眼观物以自然之笔写情此由初入中原未

染汉人风气故能真切如此[illegible]同时朱陈

王顾诸家便有文胜则史之弊

昔為倡家女今為蕩子婦蕩子行不歸空床難獨守何不策
高足先據要路津無為久貧賤轗軻長苦辛可謂淫鄙
之尤然無視為淫詞鄙詞者以其真也
四言敝而後有楚辭楚辭敝而後有五言五言敝而後有七言古詩
古詩敝而後有律絕律絕敝而後有詞蓋文體通行既久染指遂多自成習套
豪傑之士亦難於其中自出新意故遁而作他體以發表其情思想
感情一切文體所以始盛終衰者皆由於此故謂文學後不如古
余不敢信但就一體論則此說固無以易也

光緒　年　月　日